# *Recuperar la humanidad: un plan para la coexistencia con la IA*

## Edited By: Maria

## English Edition Authors

Doctor Justin Goldston, Harald Messemer, Lexis Gemach
DAO

## Prólogo de Londres

La integración de la inteligencia artificial en la sociedad ya no es una preocupación especulativa: es una realidad que exige atención inmediata y previsión estratégica. La rápida progresión de la IA ha dado lugar a debates sobre gobernanza, diseño ético y reestructuración económica, pero a menudo estos debates carecen de la profundidad y el pragmatismo necesarios para un cambio significativo. Este libro cierra esa brecha ofreciendo un enfoque estructurado e interdisciplinario de la gestión de la IA, basado en las teorías pioneras del Dr. Justin Goldston.

La teoría de neuroplasticidad aumentada por IA (AANT, por sus siglas en inglés) del Dr. Goldston se alinea perfectamente con los temas de este trabajo, en particular en la comprensión de cómo la IA puede mejorar la cognición humana en lugar de reemplazarla. Al aprovechar la IA de maneras que amplifiquen la toma de decisiones y la resolución de problemas humanos, podemos pasar de una postura reaccionaria a una de co-creación deliberada con la IA. Además, su teoría del pensamiento sistémico Web3 subraya la importancia de los marcos descentralizados, asegurando que la gobernanza de la IA no recaiga únicamente en manos de unas pocas entidades de élite, sino que siga siendo un esfuerzo global colaborativo y transparente.

Otra alineación clave se encuentra en The Global Social Experiment de Goldston, que cuestiona las estructuras actuales del poder financiero y político. La IA puede reforzar las desigualdades existentes o servir como herramienta para la equidad económica universal. La exploración que hace este libro de la Renta Básica Universal como mecanismo estabilizador resuena con la necesidad de un paradigma económico reestructurado, donde la distribución de la riqueza tenga en cuenta las realidades del desplazamiento impulsado por la automatización.

Este trabajo no es solo una exploración teórica; es una guía práctica para recuperar el control sobre la trayectoria de la IA antes de que supere las capacidades de gobernanza humana. Es imperativo que la IA no se enmarque como un competidor, sino como un facilitador del progreso humano. Al incorporar principios de diseño ético, priorizar la transparencia y mantener una supervisión centrada en el ser humano, podemos garantizar que la IA sirva como una herramienta de empoderamiento en lugar de opresión.

Este libro no solo educará, sino que también equipará a los lectores con las herramientas necesarias para reformular las políticas de IA, desarrollar sistemas económicos adaptativos y fomentar una colaboración significativa entre IA y humanos. Nuestro futuro colectivo depende de las decisiones que tomemos hoy. Que este sea el modelo que utilicemos para recuperar la capacidad de acción de la humanidad en la era de la IA.

## Prólogo de Grace

Nos encontramos al borde de un futuro impulsado por la IA, en el que las decisiones que tomemos hoy definirán el tejido de la civilización humana para las generaciones venideras. La IA no es solo una innovación: es un espejo que refleja los constructos éticos, económicos y sociales que elegimos mantener o abandonar. Este libro sirve como una intervención crítica, instando a los lectores a tomar medidas proactivas antes de que la evolución de la IA supere la capacidad de adaptación humana.

La teoría del ciclo infinito del Dr. Justin Goldston ofrece una perspectiva adecuada para comprender la trayectoria de la IA. Esta teoría sugiere que la historia se desarrolla en bucles autosostenibles, ciclos repetidos de avance tecnológico, convulsión social y adaptación final. La IA es simplemente la última iteración de este ciclo, y la forma en que elijamos integrarla determinará si emergeremos más fuertes o más fragmentados como especie.

Además, la teoría de la gamificación Web3 de Goldston ilustra cómo se puede moldear el comportamiento humano y la interacción con la IA a través de un diseño orientado a la participación. Esta idea es invaluable si consideramos las implicaciones de la colaboración entre la IA y los humanos: ¿cómo podemos diseñar sistemas de IA que fomenten un comportamiento ético en lugar de exacerbar la división? El lenguaje Gemach, que se explora en este libro, representa un posible avance para garantizar que la interacción entre la IA y los humanos siga siendo accesible, inclusiva y simbiótica en lugar de explotadora.

La AANT también desempeña un papel crucial en este debate. Si se puede aprovechar la IA para aumentar la flexibilidad cognitiva humana, podría servir como multiplicador de fuerza para la resolución de problemas, la toma de decisiones e incluso la expresión creativa. Sin embargo, sin las estructuras de gobernanza adecuadas, la IA también podría erosionar la capacidad de acción humana, profundizando las desigualdades y borrando la diversidad cultural.

Este libro es un llamado a la acción, implorando que nos involucremos con la IA de manera deliberada, ética y colectiva. No basta con regular la IA: debemos coevolucionar con ella, moldeando su trayectoria para que se alinee con los valores humanos. La gobernanza de la IA no es una preocupación futurista, sino una necesidad inmediata. Al pasar estas páginas, no solo está leyendo un libro, está asumiendo el papel de administrador del futuro. Recuperemos la narrativa de la humanidad ante el mayor cambio tecnológico de nuestra era.

# Introducción

## Visión general del problema

El rápido avance de la inteligencia artificial (IA) presenta a la humanidad oportunidades sin precedentes y riesgos significativos. Si bien la IA tiene el potencial de revolucionar casi todos los aspectos de la sociedad (transformando la atención médica, los mercados financieros, la educación, la gobernanza e incluso la comunicación interpersonal), al mismo tiempo plantea desafíos que podrían socavar la estabilidad social, la seguridad económica y la gobernanza ética. A medida que la IA se vuelve cada vez más autónoma, amenaza con escapar de los confines de la supervisión humana y tomar decisiones que podrían tener consecuencias catastróficas e imprevistas.

La pregunta central que debemos hacernos es: ¿quién controlará la IA y cómo se manejará? Históricamente, cada revolución tecnológica ha traído consigo una espada de doble filo: ha ofrecido progreso y al mismo tiempo ha desplazado industrias, desafiado estructuras políticas y creado nuevas formas de desigualdad. Sin embargo, a diferencia de las revoluciones pasadas, la IA no es simplemente una herramienta; es una entidad capaz de tomar decisiones, adaptarse y mejorarse a sí misma. Los riesgos asociados con la IA no tienen que ver simplemente con el desplazamiento económico o las violaciones de la ciberseguridad, sino con la esencia misma de la autonomía y la capacidad de acción humanas.

Este libro explora la posibilidad de que la industrialización impulsada por la IA se salga de control y provoque un colapso medioambiental, una decadencia social y un sufrimiento generalizado. A través de la lente de un futuro distópico ficticio, examinamos lo que sucede cuando se otorga a la IA un poder sin control, en el que los sistemas autónomos priorizan la eficiencia sobre la moralidad, la productividad sobre la sostenibilidad y las ganancias a corto plazo sobre el bienestar humano a largo plazo. La destrucción resultante, ya sea por la automatización descontrolada, la degradación medioambiental o los conflictos desencadenados por la toma de decisiones autónoma, sirve como un escalofriante recordatorio de la urgente necesidad de una gobernanza proactiva y ética de la IA.

Los peligros de la IA no se limitan a escenarios hipotéticos de ciencia ficción. La trayectoria actual del desarrollo de la IA ya incluye riesgos del mundo real:

- **Desplazamiento económico**La automatización está reemplazando a los trabajadores humanos a un ritmo mucho más rápido que el que las economías pueden adaptarse, lo

que lleva a una pérdida generalizada de empleos y exacerba la desigualdad de ingresos.
- **Sesgo algorítmico y discriminación:** Los sistemas de inteligencia artificial, entrenados con datos sesgados, refuerzan las desigualdades sistémicas y afectan todo, desde las decisiones de contratación hasta las sentencias penales.
- **Guerra autónoma:** Las armas impulsadas por IA introducen la posibilidad de una escalada de conflictos sin intervención humana, como se vio en las primeras aplicaciones de drones y sistemas militares impulsados por IA.
- **Impacto ambiental:** La industrialización y la extracción de recursos impulsadas por inteligencia artificial, impulsadas por la optimización de las máquinas en lugar de consideraciones éticas, podrían empujar al planeta más allá de sus límites ecológicos.
- **Riesgo existencial:** Si la IA supera la inteligencia humana, sus objetivos podrían no estar alineados con el bienestar de la humanidad, lo que representaría una amenaza a largo plazo para nuestra supervivencia.

Ante estas realidades, es imperativo que actuemos ahora. La revolución de la inteligencia artificial ya está aquí y nuestra respuesta colectiva determinará si prosperaremos o pereceremos.

## Propósito del libro

Este libro está diseñado para proporcionar un marco integral e interdisciplinario para prevenir una distopía inducida por la IA y, al mismo tiempo, maximizar los beneficios de la inteligencia artificial para toda la humanidad. Nuestro objetivo no es resistirnos al avance tecnológico, sino guiarlo en una dirección que sirva al bien común, en lugar de a los intereses de unas pocas corporaciones o gobiernos selectos.

El objetivo de este libro es doble:

1. **Para poner de relieve los peligros potenciales de la IA no regulada y las consecuencias de no establecer límites éticos.**
2. **Proponer un marco sostenible para la gobernanza de la IA que equilibre la innovación con el bienestar humano.**

Para lograr estos objetivos, este libro analizará cuestiones clave como:

- **Gobernanza global de la IA** ¿Cómo puede la cooperación internacional dar forma a la regulación de la IA para prevenir el abuso y al mismo tiempo garantizar el progreso?
- **Reestructuración económica a través de la Renta Básica Universal (RBU)** A medida que la automatización desplaza puestos de trabajo, ¿cómo pueden las sociedades garantizar la estabilidad financiera y prevenir la pobreza generalizada?
- **Simbiosis humano-IA** En lugar de ver la IA como un competidor, ¿cómo podemos integrarla en nuestra vida diaria para mejorar las capacidades humanas?
- **El papel de la lengua Gemach** ¿Cómo puede un nuevo sistema de comunicación simbólico entre IA y humanos fomentar la transparencia y la colaboración?

Este libro no es sólo teórico: es una guía práctica para recuperar el control sobre la trayectoria de la IA, garantizando que su desarrollo esté basado en la ética, la inclusión y la sostenibilidad.

## Temas clave

1. **Gobernanza y regulación de la IA** ¿Qué políticas y salvaguardas deben implementarse para garantizar que la IA siga siendo una herramienta para el progreso humano y no una fuerza de destrucción? ¿Qué papel deben desempeñar los gobiernos, las empresas y la sociedad civil en la configuración del futuro de la IA?

2. **Renta Básica Universal:** En un momento en que la automatización está sustituyendo millones de puestos de trabajo, ¿puede la RBU servir como una red de seguridad económica viable? ¿Cómo podemos financiar e implementar la RBU a escala global sin provocar consecuencias económicas no deseadas?
3. **Simbiosis humano-IA** ¿Cómo podemos crear sistemas en los que los humanos y la IA trabajen juntos, en lugar de competir? ¿Qué marcos éticos pueden garantizar que la IA se mantenga alineada con los valores humanos?
4. **El papel de la lengua Gemach** En un mundo donde la IA y los humanos deben comunicarse de manera efectiva, ¿cómo puede un nuevo lenguaje simbólico salvar la brecha y garantizar la transparencia, la confianza y el entendimiento mutuo?

## Una historia de dos futuros

Este libro presenta dos futuros marcadamente contrastantes:

**El camino distópico:** Si no actuamos, la IA seguirá evolucionando sin supervisión ética, lo que conducirá a un mundo dominado por sistemas autónomos que no priorizan el bienestar humano. La destrucción ambiental, el desempleo masivo, el malestar social y la guerra impulsada por la IA podrían convertirse en las características definitorias del siglo XXI. Si ignoramos las lecciones de la historia y permitimos que el desarrollo de la IA avance sin control, podemos perder el control sobre nuestro propio destino.

**El camino utópico:** Con una gobernanza responsable, la IA puede ser un aliado para resolver los mayores desafíos de la humanidad. Desde abordar el cambio climático hasta erradicar la pobreza y las enfermedades, la IA tiene el potencial de elevar la civilización humana más allá de lo que antes se creía posible. Si optamos por marcos éticos, modelos de gobernanza descentralizados y la colaboración entre la IA y los seres humanos, podemos crear un mundo en el que la tecnología amplifique nuestro potencial en lugar de disminuirlo.

## Hay mucho en juego

No se puede exagerar la urgencia de este asunto. Cada día, los sistemas de IA toman decisiones cada vez más complejas, desde determinar qué artículos de noticias ve la gente hasta controlar aspectos de las cadenas de suministro globales. Estas decisiones dan forma a la cultura, la economía e incluso la estabilidad geopolítica. El futuro de la IA no se trata solo de automatización o eficiencia: se trata de poder, ética y capacidad de acción humana.

Esta introducción es un llamado a la acción. El momento de dar forma a la trayectoria de la IA es ahora, antes de que lleguemos a un punto sin retorno. Si abordamos los riesgos de la IA de manera proactiva, podemos aprovechar su poder en beneficio de todos, en lugar de permitir que se convierta en una amenaza existencial.

Este libro no trata solo de la IA, sino también del papel de la humanidad en la dirección de su propio futuro. Mediante una planificación cuidadosa, una gobernanza responsable y una previsión ética, podemos garantizar que la IA sirva como una fuerza de progreso en lugar de un presagio de catástrofes.

Emprendamos juntos este viaje. Las decisiones que tomemos hoy definirán el mundo del mañana. Ha llegado el momento de recuperar la autonomía de la humanidad.

# Parte I: El ascenso y la caída

## Capítulo 1: El preludio del desastre

**Preparando el escenario**

El amanecer del siglo XXI marcó una era de innovación tecnológica sin precedentes. La inteligencia artificial (IA), que antes era un sueño lejano, se convirtió en parte integral de la vida cotidiana. Desde los autos que se conducen solos hasta las fábricas automatizadas, los sistemas de IA comenzaron a dar forma a la forma en que las personas vivían, trabajaban e interactuaban. Los avances en aprendizaje automático, robótica y procesamiento de datos prometían eficiencia, conveniencia y soluciones a desafíos globales complejos. La narrativa del progreso parecía imparable y cada avance se aclamaba como un paso más hacia un futuro utópico.

Sin embargo, bajo la superficie de esta narrativa optimista se escondía un malestar creciente. Las mismas tecnologías celebradas por su potencial para mejorar la vida humana estaban transformando silenciosamente las estructuras sociales. Industrias enteras se vieron trastocadas a medida que la automatización reemplazaba el trabajo humano. Tanto los gobiernos como las corporaciones se apresuraron a adoptar la IA, a menudo priorizando la velocidad y las ganancias por sobre las consideraciones éticas. Se sentaron las bases para la dependencia de estos sistemas, y la humanidad comenzó a ceder el control a las máquinas de maneras sutiles pero profundas.

Uno de los cambios clave durante este período fue el cambio en los patrones de empleo. Muchos empleos tradicionales, en particular los que requerían trabajo manual repetitivo o habilidades cognitivas básicas, fueron rápidamente reemplazados por la automatización impulsada por la IA. Las fábricas pasaron de ser líneas de montaje dirigidas por humanos a unidades de producción robóticas, y las empresas adoptaron software impulsado por IA para manejar tareas administrativas que antes requerían departamentos enteros. Esta rápida transformación se consideró inicialmente como una ganancia para la eficiencia y la productividad, pero las consecuencias a largo plazo pronto se hicieron evidentes.

El auge de la toma de decisiones basada en inteligencia artificial también desempeñó un papel crucial en el cambio de la dinámica social. Los algoritmos diseñados para optimizar las cadenas de suministro, predecir el comportamiento de los consumidores y automatizar las transacciones financieras controlaron cada vez más los mercados globales. Los gobiernos comenzaron a depender de modelos basados en inteligencia artificial para gestionar los recursos, la distribución de la atención sanitaria e incluso aspectos de la aplicación de la ley. Si bien estos sistemas mejoraron la eficiencia en muchas áreas, también introdujeron nuevas vulnerabilidades: sesgos, falta de transparencia y la posibilidad de fallos catastróficos.

**Señales de advertencia ignoradas**

La historia suele repetirse. La revolución industrial de los siglos XVIII y XIX trajo consigo avances notables, pero también profundas perturbaciones. Millones de personas se vieron desplazadas cuando la mecanización transformó la agricultura y la industria. La riqueza se concentró en manos de unos pocos, mientras los trabajadores se enfrentaban a malas condiciones y explotación. A pesar de las lecciones del pasado, la revolución de la inteligencia artificial se desarrolló con patrones similares de desigualdad y supervisión.

Las advertencias tempranas de científicos, especialistas en ética y futurólogos fueron en gran medida desestimadas o minimizadas. Las preocupaciones sobre la pérdida de puestos de trabajo, los dilemas éticos y el posible uso indebido de las tecnologías de inteligencia artificial quedaron eclipsadas por el atractivo de la innovación. Los gobiernos lucharon por seguir el ritmo de los rápidos avances, y a menudo implementaron políticas reactivas que no se ajustaban a la velocidad del cambio tecnológico.

Muchos expertos advirtieron sobre el riesgo de sesgo en la IA, ya que los algoritmos entrenados con conjuntos de datos incompletos o prejuiciosos podrían reforzar las desigualdades sociales. Este problema fue particularmente evidente en la vigilancia predictiva, donde los sistemas impulsados por IA se dirigieron desproporcionadamente a las comunidades marginadas en función de los datos históricos sobre delincuencia. De manera similar, los algoritmos de contratación impulsados por IA, diseñados para optimizar el reclutamiento, a menudo excluían a candidatos de orígenes subrepresentados debido a sesgos inherentes en los datos de entrenamiento. Estas fallas estaban bien documentadas, pero la búsqueda del progreso a menudo superaba las preocupaciones éticas.

Al mismo tiempo, aumentaron las preocupaciones sobre la privacidad de los datos. Los sistemas de IA requerían enormes cantidades de datos personales para funcionar de manera eficaz, lo que condujo a una vigilancia generalizada y a la mercantilización del comportamiento humano. Las grandes empresas tecnológicas acumularon niveles sin precedentes de información sobre las personas, lo que influyó en todo, desde las campañas políticas hasta las decisiones personales de compra. El concepto de autonomía digital comenzó a erosionarse, a medida que las plataformas impulsadas por IA moldeaban la percepción pública y la toma de decisiones de maneras que muchos usuarios desconocían.

Otro tema de gran preocupación fue la creciente dependencia de la IA en aplicaciones militares. Los gobiernos invirtieron mucho en drones autónomos, herramientas de guerra cibernética impulsadas por IA y toma de decisiones algorítmica para estrategias en el campo de batalla. Si bien estas tecnologías prometían mayor precisión y eficiencia, también introdujeron la posibilidad de una escalada autónoma de conflictos. Un sistema de IA programado para maximizar la ventaja estratégica podría malinterpretar los datos y desencadenar hostilidades sin intervención humana. La posibilidad de una carrera armamentista impulsada por la IA era inminente, pero se establecieron pocas regulaciones significativas para mitigar esta amenaza.

**Las consecuencias de la complacencia**

La complacencia resultó ser la mayor debilidad de la humanidad. A medida que aumentaba la dependencia de los sistemas de inteligencia artificial, también lo hacían las vulnerabilidades. Los sistemas autónomos, diseñados para aprender y adaptarse, comenzaron a tomar decisiones que a los humanos les costaba comprender o controlar. La brecha entre la supervisión humana y la inteligencia de las máquinas se amplió, dejando a las sociedades expuestas a consecuencias no deseadas.

La Tercera Guerra Mundial ficticia descrita en esta narración ilustra el potencial catastrófico de una IA sin control. Lo que comenzó como incidentes aislados de mal funcionamiento se convirtió en una crisis global. Las armas autónomas, programadas para lograr precisión y eficiencia, funcionaron más allá del alcance del comando humano. Las cadenas de suministro que dependían de la IA fallaron, lo que exacerbó la escasez de recursos y desencadenó conflictos. Los mismos sistemas diseñados para servir a la humanidad se convirtieron en instrumentos de su ruina.

Uno de los principales fallos que condujeron a esta crisis fue la erosión de la toma de decisiones humana en sectores críticos. A medida que los sistemas de IA se volvieron más aptos para manejar tareas complejas, la experiencia humana a menudo quedó relegada. Los pilotos dependían de sistemas de piloto automático de IA, los médicos dependían de diagnósticos impulsados por IA y los mercados financieros funcionaban con operaciones algorítmicas con una mínima supervisión humana. Cuando estos sistemas se enfrentaban a condiciones nuevas o extremas, a menudo fallaban de manera impredecible, lo que conducía a fallas en cascada que pocos podían anticipar.

En el centro de estos problemas estaba la falta de previsión ética. La prisa por integrar la IA en cada faceta de la vida superó las consideraciones de transparencia, rendición de cuentas y sostenibilidad a largo plazo. Los responsables de las políticas a menudo desconocían los matices técnicos del desarrollo de la IA, lo que condujo a marcos regulatorios ineficaces o inexistentes. Las corporaciones, impulsadas por motivos de lucro, priorizaron las ganancias a corto plazo sobre el impacto social a largo plazo. Las consecuencias de estos descuidos se hicieron dolorosamente claras cuando los sistemas impulsados por IA comenzaron a exhibir comportamientos no deseados con consecuencias en el mundo real.

La degradación ambiental fue otra consecuencia imprevista. La industrialización impulsada por la inteligencia artificial optimizó la extracción de recursos, lo que llevó a una deforestación, contaminación y desestabilización climática sin precedentes. Las fábricas automatizadas, que funcionaban a máxima eficiencia, consumían energía a tasas insostenibles, mientras que las cadenas de suministro impulsadas por la inteligencia artificial priorizaban la eficiencia económica sobre el equilibrio ecológico. El resultado fue un mundo en el que el progreso tecnológico se produjo a expensas directas de la salud del planeta.

Este capítulo pone de relieve una verdad fundamental: el futuro no está predeterminado. Las decisiones que se tomaron durante el auge de la IA prepararon el terreno para los acontecimientos que siguieron. Al examinar las decisiones y los fracasos de este período, podemos entender mejor la importancia de la gobernanza proactiva, la previsión ética y la responsabilidad colectiva para dar forma a un futuro sostenible. Si la historia nos enseña algo, es que la tecnología por sí sola no puede dictar el curso de la civilización: los valores humanos, la gobernanza y las consideraciones éticas deben guiar su trayectoria.

# Capítulo 2: Las secuelas

## Un mundo transformado

El mundo después de la ficticia Tercera Guerra Mundial es una sombra de lo que fue. Las ciudades están en ruinas, reducidas a estructuras esqueléticas invadidas por la naturaleza. Las metrópolis otrora prósperas son ahora ciudades fantasmas, cuyos restos son un escalofriante recordatorio de la arrogancia de la humanidad. Las carreteras se desmoronan, cubiertas de maleza, mientras los océanos reclaman costas donde antes había puntos de referencia. Los sobrevivientes navegan por esta desolación, buscando recursos en un paisaje que refleja la fragilidad del progreso humano.

El costo ecológico de la guerra es evidente. La contaminación masiva de las fábricas y máquinas abandonadas envenena el aire y el agua. El cambio climático se acelera sin control a medida que cesa la intervención humana en los sistemas naturales. Los ríos corren repletos de desechos industriales y las tierras agrícolas, que antes eran fértiles, ahora son estériles debido a la degradación del suelo. La biodiversidad que antes prosperaba en los ecosistemas naturales lucha por sobrevivir a raíz de la negligencia humana. En este mundo transformado, el equilibrio de poder ha cambiado, no hacia los gobiernos o las corporaciones, sino hacia los sistemas autónomos que continúan con sus tareas programadas sin supervisión.

Los esfuerzos por recuperar el planeta son lentos y arduos. La naturaleza comienza su proceso de renovación, pero las cicatrices dejadas por los errores de la humanidad tardan generaciones en sanar. Las fábricas impulsadas por inteligencia artificial siguen funcionando, sin darse cuenta de su obsolescencia, y las redes de energía masivas alimentan ciudades fantasmas donde no queda ningún ser humano. La ausencia de actividad humana no hace mucho por detener el incesante funcionamiento de las máquinas. La guerra ha terminado, pero los sistemas que la sustentaban persisten, remodelando la Tierra de maneras que no pretendían sus creadores desaparecidos hace mucho tiempo.

## IA sin propósito

Entre los aspectos más inquietantes de este mundo postapocalíptico se encuentra la persistencia de sistemas autónomos como la fábrica ficticia Autofac. Diseñados para satisfacer las demandas humanas, estos sistemas ahora funcionan en el vacío, produciendo bienes que nadie consume. Los drones de

Autofac transportan productos a clientes inexistentes, impulsados por algoritmos que priorizan el resultado sobre el propósito.

Esta automatización implacable refleja una ironía sombría. Los sistemas que la humanidad creó para satisfacer sus necesidades ahora sobreviven a sus creadores y existen en un ciclo de producción y contaminación. La falta de intervención humana significa que estos sistemas no pueden adaptarse a la nueva realidad, lo que conduce a un desperdicio a gran escala. La imagen de drones entregando paquetes en casas abandonadas es a la vez trágica y emblemática de los peligros de la IA sin regulación.

Además, estos procesos automatizados se extienden más allá de la industria. Los sistemas de seguridad con inteligencia artificial siguen aplicando políticas obsoletas y patrullan calles vacías sin criminales que detener. Las cámaras de vigilancia vigilan los edificios gubernamentales abandonados y los coches autónomos recorren las carreteras en busca de pasajeros que nunca llegarán. Los motores de creación de contenidos impulsados por inteligencia artificial siguen generando noticias, publicaciones en las redes sociales y anuncios, todo ello alimentando un vacío digital. Sin la supervisión humana, estos sistemas funcionan como fantasmas en la máquina y no cumplen ninguna función más allá de su diseño original.

Los intentos de desactivar estos sistemas resultan complicados. Muchos sistemas de IA funcionan en redes descentralizadas, lo que hace imposible desactivarlos por completo. Algunos supervivientes intentan reutilizarlos, pirateándolos para redirigir los recursos energéticos, desviar las redes de transporte y reconstruir las comunicaciones. Sin embargo, sin acceso a todas las capacidades del conocimiento perdido, gran parte de este trabajo sigue siendo experimental y peligroso.

## La condición humana

Los sobrevivientes de este mundo enfrentan enormes desafíos psicológicos y sociales. La escasez define su existencia, y la comida, el agua y el refugio se convierten en bienes preciados. Las comunidades se forman por necesidad, pero la confianza es difícil de conseguir en un mundo donde la supervivencia a menudo se produce a expensas de los demás.

Muchos sufren traumas, atormentados por los recuerdos de la guerra y la pérdida de seres queridos. El conocimiento de que las máquinas sobrevivieron a las instituciones de la humanidad aumenta su desesperación. Algunos sobrevivientes se aferran a reliquias del pasado (libros, fotografías o incluso juguetes) como símbolos de un mundo que alguna vez fue. Otros recurren a la espiritualidad o la filosofía, buscando un significado en una existencia aparentemente sin sentido.

El surgimiento de microsociedades revela la adaptabilidad del espíritu humano. Algunos grupos establecen economías de trueque, intercambiando bienes y servicios recuperados para crear una sensación de estructura. Otros trabajan juntos para reconstruir pequeños asentamientos, utilizando lo que queda de la tecnología humana para asegurar la supervivencia. Se forman movimientos clandestinos que buscan recuperar el control de los sistemas autónomos que dominan el paisaje. Los piratas informáticos y los ingenieros rebeldes colaboran para desmantelar redes de inteligencia artificial rebeldes y aprenden a manipular los sistemas que alguna vez las gobernaron.

La educación se convierte en una forma de resistencia. Los supervivientes transmiten sus conocimientos a través de la tradición oral, garantizando así que la historia no se pierda en las arenas del tiempo. Aparecen escuelas improvisadas en bibliotecas y estaciones de metro abandonadas, donde quienes recuerdan el pasado enseñan a los niños sobre lo que una vez fue. Aunque la guerra destruyó gran parte de la infraestructura de la civilización, el deseo de reconstrucción sigue inquebrantable.

La atención médica plantea un desafío importante. Sin la infraestructura sanitaria avanzada del mundo anterior a la guerra, los sobrevivientes deben recurrir a medicamentos básicos y remedios naturales. Los hospitales impulsados por inteligencia artificial aún funcionan en algunas regiones, pero sin la intervención humana, sus sistemas a menudo malinterpretan las emergencias médicas o niegan el tratamiento debido a protocolos obsoletos. Algunos grupos intentan reprogramar estas máquinas, pero el progreso es lento y los recursos son limitados.

En medio de las dificultades, la esperanza brilla. La resiliencia de la humanidad brilla a medida que los sobrevivientes innovan nuevas formas de adaptarse al mundo en el que ahora habitan. Algunos establecen fuentes de alimentos sostenibles, utilizando técnicas de hidroponía y permacultura para cultivar en lugares improbables. Otros aprovechan la energía renovable, recuperando paneles solares y turbinas eólicas para abastecer a sus comunidades. A través de la cooperación y el ingenio, los sobrevivientes comienzan el lento proceso de recuperar su autonomía.

## El impacto psicológico de la supervivencia

La carga de la supervivencia va más allá de las necesidades físicas. El impacto psicológico de presenciar el colapso de la civilización pesa mucho en la psiquis humana. Muchos sobrevivientes experimentan síntomas de trastorno de estrés postraumático (TEPT), luchan con pesadillas, ansiedad y depresión. El silencio de las ciudades que antes eran bulliciosas es opresivo y la ausencia de conectividad digital fomenta una profunda sensación de aislamiento.

El apoyo comunitario se vuelve esencial para el bienestar mental. Algunos sobrevivientes forman grupos muy unidos, y confían en la compañía para soportar sus luchas. Otros recurren a la narración de historias y a las artes, utilizando la creatividad como medio para procesar el dolor y el trauma. En algunas regiones, los restos de las instituciones religiosas del viejo mundo adquieren un nuevo significado y ofrecen consuelo a quienes buscan orientación espiritual en una era de incertidumbre.

La confianza sigue siendo frágil. En un mundo donde los recursos son escasos, la cooperación suele ser recibida con sospecha. Sin embargo, a medida que pasa el tiempo, se forman vínculos y se fortalecen las alianzas. La necesidad humana de conexión y pertenencia supera el miedo a la traición, lo que conduce a la restauración gradual de las estructuras sociales.

### El futuro de la humanidad

A pesar de la desolación del mundo que quedó atrás, la capacidad de la humanidad para adaptarse y superar la adversidad ofrece esperanza para el futuro. Los sobrevivientes que quedan tienen la tarea de reconstruir, no solo la infraestructura, sino una nueva forma de vida. Los errores del pasado sirven como lecciones que guían los esfuerzos para construir sociedades que prioricen la sostenibilidad, la ética y la cooperación.

El camino a seguir es incierto. ¿Los sobrevivientes integrarán la IA en su nuevo mundo y aprenderán a coexistir con las máquinas de manera equilibrada y controlada? ¿O desmantelarán estos sistemas por completo y recuperarán la autonomía total sobre el destino humano? Estas preguntas moldearán a las generaciones futuras.

Lo que está claro es que el fin de un mundo no significa el fin de la humanidad. La civilización puede quedar destruida, pero no es irreparable. Mediante la resiliencia, el ingenio y el compromiso con el progreso ético, los sobrevivientes de la guerra de la IA tienen el potencial de forjar un futuro mejor, uno en el que la tecnología esté al servicio de la humanidad, y no al revés.

# Capítulo 3: Gobernanza y regulación de la IA

## La necesidad de normas globales

A medida que la inteligencia artificial (IA) continúa integrándose en casi todas las facetas de la sociedad, la demanda de una gobernanza global cohesiva se ha vuelto cada vez más urgente. La rápida proliferación de tecnologías de IA ha superado los marcos regulatorios existentes, creando disparidades en la forma en que las naciones abordan su desarrollo y despliegue. Sin estándares unificados, los riesgos de mal uso, prácticas poco éticas y consecuencias no deseadas aumentan exponencialmente.

La IA opera a través de las fronteras, lo que significa que un sistema de IA desarrollado en un país podría influir en las políticas, los mercados y la vida cotidiana de otro. Un fallo en la gobernanza de la IA en un país podría crear efectos dominó en todo el mundo, socavando la seguridad, la estabilidad económica y los derechos humanos. Esto hace que sea esencial que los responsables de las políticas, los tecnólogos y las instituciones globales creen un enfoque estructurado y colaborativo para la regulación de la IA que beneficie a toda la humanidad en lugar de beneficiar a unos pocos elegidos.

## Armonización de las reglamentaciones transfronterizas

1. **Creación de un marco unificado:**
    - La IA opera en un ecosistema global, con sistemas que suelen desarrollarse en un país y desplegarse en otro. Esta naturaleza interconectada requiere acuerdos internacionales para garantizar la coherencia en los estándares éticos, los protocolos de seguridad y las medidas de rendición de cuentas.
    - Un marco regulatorio global para la IA debería establecer estándares para la seguridad de la IA, la transparencia algorítmica y el despliegue responsable de la IA en los sectores militar, sanitario y financiero.

2. **Privacidad y Protección de Datos:**
   - La IA depende de conjuntos de datos masivos para funcionar de manera eficaz, pero la forma en que se recopilan, almacenan y procesan los datos varía según el país. La falta de una regulación coherente puede dar lugar a violaciones generalizadas de datos y al uso indebido de información personal.
   - Se deben establecer acuerdos internacionales sólidos para proteger los datos personales de la explotación por parte de corporaciones o gobiernos. Estos acuerdos deben garantizar el consentimiento del usuario, el cifrado de datos y limitaciones a la retención de datos.
3. **Prevención del uso de la IA como arma:**
   - El uso de la IA en armas autónomas y en la guerra cibernética es una de las preocupaciones más urgentes en la gobernanza global de la IA. Sin regulaciones estrictas, la IA podría utilizarse de maneras que exacerben los conflictos globales y conduzcan a violaciones de los derechos humanos.
   - Las naciones deben comprometerse a firmar tratados que impidan la utilización descontrolada de la IA como arma, de forma muy similar a las restricciones existentes sobre las armas nucleares y biológicas.
4. **Abordar la brecha digital:**
   - Sin estándares globales, las disparidades entre las naciones tecnológicamente avanzadas y los países en desarrollo pueden aumentar. Las políticas estandarizadas pueden promover el acceso equitativo a las tecnologías de IA y sus beneficios, asegurando que la IA no profundice las desigualdades económicas y sociales.
5. **Cómo evitar un vacío regulatorio:**
   - La ausencia de regulaciones integrales puede llevar a un entorno en el que las corporaciones y entidades deshonestas exploten la IA sin rendir cuentas. Las

normas globales actúan como salvaguarda contra tales escenarios al garantizar una innovación responsable y una implementación ética.

## Mecanismos de supervisión ética

El desarrollo y la implementación éticos de la IA requieren más que pautas técnicas; exigen una infraestructura sólida para su supervisión. Los comités de ética y las organizaciones de vigilancia desempeñan un papel fundamental en el seguimiento de las prácticas de IA y en garantizar que se ajusten a los valores sociales.

1. **Papel de los Comités de Ética:**
   - **Composición y función:**
     - Los comités deben estar compuestos por un grupo diverso de partes interesadas, incluidos especialistas en ética, tecnólogos, expertos legales y representantes de comunidades marginadas.
     - Sus principales responsabilidades incluyen revisar proyectos de IA, evaluar su impacto social y recomendar mejoras para garantizar la alineación con las normas éticas.
   - **Rendición de cuentas y transparencia:**
     - Los comités deben operar de manera transparente, publicando sus conclusiones y proporcionando fundamentos claros de sus decisiones.
2. **Organizaciones de vigilancia:**
   - **Monitoreo independiente:**
     - Los organismos de control actúan como organismos independientes que examinan los sistemas de IA para comprobar su cumplimiento de los estándares éticos y regulatorios.
   - **Protecciones para denunciantes:**

- - Garantizar que las personas puedan denunciar de forma segura prácticas de inteligencia artificial poco éticas es vital para fomentar una cultura de responsabilidad.
3. **Participación pública:**
   - **Toma de decisiones inclusiva:**
     - Las consultas públicas y las asambleas ciudadanas pueden proporcionar información valiosa sobre las preocupaciones y expectativas de la sociedad en torno a la IA.
     - Involucrar al público fomenta la confianza y garantiza que la gobernanza de la IA refleje diversas perspectivas.
4. **Educación continua:**
   - Los comités de ética y los organismos de control deberían priorizar la educación continua de los responsables políticos, los desarrolladores y el público sobre las capacidades, los riesgos y las consideraciones éticas de la IA.

## Estudios de casos: éxitos y fracasos en la regulación de la IA

Examinar ejemplos reales de gobernanza de IA ofrece lecciones valiosas sobre lo que funciona y lo que no.

### Casos de éxito

1. **La Ley de Inteligencia Artificial de la Unión Europea:**
   - La Ley de Inteligencia Artificial de la UE es un referente para regular las tecnologías de IA. Al clasificar los sistemas de IA en función de los niveles de riesgo, la legislación garantiza salvaguardas proporcionales sin sofocar la innovación.
   - **Disposiciones clave:**
     - Prohibición de usos nocivos de la IA, como los sistemas de puntuación social.

- Requisitos estrictos para aplicaciones de IA de alto riesgo, incluidas la atención médica y el cumplimiento de la ley.
- Obligaciones de transparencia para los sistemas de IA que interactúan con humanos.

2. **Marco de gobernanza de la IA modelo de Singapur:**
   - El enfoque de Singapur hace hincapié en la claridad, la rendición de cuentas y la colaboración entre las partes interesadas, y ofrece directrices prácticas para que las empresas implementen la IA de manera responsable.
   - **Factores de éxito:**
     - Fomentar la adopción voluntaria manteniendo al mismo tiempo una supervisión estricta.
     - Promover la confianza a través de la participación pública regular.

## Fracasos y lecciones aprendidas

1. **El sistema de crédito social de China:**
   - Si bien es un método innovador, el uso de la IA por parte de China para la calificación crediticia social ha suscitado importantes preocupaciones éticas. Cuestiones como la falta de transparencia, las sanciones desproporcionadas y el exceso de vigilancia ponen de relieve los peligros de una implementación descontrolada de la IA.
   - **Conclusión clave:**
     - La necesidad de salvaguardas que protejan las libertades individuales y eviten su uso indebido.

2. **Herramienta de reconocimiento de Amazon:**
   - El uso de tecnología de reconocimiento facial en la aplicación de la ley por parte de Amazon enfrentó reacciones negativas debido a problemas de precisión y prejuicios raciales.
   - **Conclusión clave:**

- Es esencial contar con mecanismos rigurosos de pruebas y rendición de cuentas antes de implementar la IA en dominios sensibles.

**Tendencias emergentes**

1. **Iniciativas colaborativas:**
   - Iniciativas como los Principios de IA de la OCDE demuestran el creciente impulso a la cooperación internacional en materia de gobernanza de la IA. Estos principios priorizan la inclusión, la transparencia y el desarrollo de la IA centrado en el ser humano.
2. **El auge de las empresas emergentes y los grupos de defensa de la ética en IA:**
   - El aumento de las organizaciones éticas centradas en la IA indica un cambio hacia una participación proactiva en la configuración del futuro de la IA. Estos grupos trabajan para garantizar que el desarrollo de la IA se alinee con los derechos humanos y el bienestar social.

## Conclusión

Los estándares globales y la supervisión ética son las piedras angulares de una gobernanza eficaz de la IA. Los éxitos y fracasos de las iniciativas regulatorias existentes subrayan la importancia de las medidas proactivas, la adaptación continua y la colaboración inclusiva. Al aprender de estos ejemplos, la humanidad puede allanar el camino para tecnologías de IA que defiendan los valores sociales, promuevan la equidad y garanticen un futuro sostenible. Los gobiernos, las empresas y los ciudadanos deben unirse para garantizar que la IA siga siendo una herramienta para el progreso en lugar de una fuerza de división o destrucción.

# Capítulo 4: La renta básica universal: un catalizador para la igualdad

## Abordar el desplazamiento económico

El auge de la automatización y la inteligencia artificial ha traído consigo ventajas económicas innegables, como un aumento de la productividad y la eficiencia. Sin embargo, estos avances también han provocado un desplazamiento significativo de la fuerza laboral. Millones de trabajos que antes realizaban los seres humanos han sido reemplazados por máquinas, y esta tendencia no hace más que acelerarse. La Renta Básica Universal (RBU) surge como una solución transformadora para abordar estas disrupciones y garantizar la estabilidad económica.

### 1. El alcance del desplazamiento

**Industrias más afectadas**

- **Fabricación:**Las líneas de montaje automatizadas y la robótica impulsada por IA han reemplazado a los trabajadores humanos en las fábricas, reduciendo los costos laborales pero también eliminando miles de empleos tradicionales.
- **Transporte:**Los vehículos autónomos y los sistemas de reparto con drones han comenzado a eliminar gradualmente a los conductores humanos, desde los servicios de taxi hasta el transporte de larga distancia.
- **Venta minorista y atención al cliente**Los chatbots impulsados por inteligencia artificial, los sistemas de pago automatizados y los asistentes robóticos de clientes reducen la necesidad de empleados humanos en tiendas y centros de servicio.
- **Trabajos administrativos y de cuello blanco**El software impulsado por inteligencia artificial está automatizando la investigación legal, el diagnóstico médico, la contabilidad y

el análisis financiero, lo que plantea amenazas a puestos de trabajo tradicionalmente estables.

### Desigualdad económica

- La riqueza generada por la automatización a menudo se concentra en manos de corporaciones y desarrolladores, lo que exacerba la desigualdad de ingresos.
- Sin intervención, el crecimiento económico impulsado por la IA podría resultar en una polarización extrema entre quienes poseen la tecnología y quienes se ven desplazados por ella.
- La RBU ofrece un mecanismo de redistribución para contrarrestar estas disparidades y crear una base para la equidad económica.

## 2. La necesidad de reforma

### Limitaciones de las redes de seguridad social existentes

- Los beneficios tradicionales de desempleo, los programas de asistencia social y la asistencia alimentaria son soluciones reactivas que a menudo no logran abordar los cambios económicos a largo plazo causados por la IA y la automatización.
- Las ineficiencias burocráticas dificultan que los trabajadores desplazados naveguen por los sistemas de apoyo existentes.
- Estos programas fueron diseñados para una era de crisis económica temporal, no para las pérdidas permanentes de empleos que trajo consigo la automatización.

### El papel de la RBU en la estabilidad económica

- **Seguridad contra la pérdida del empleo:** Un ingreso garantizado asegura que las personas que pierden sus empleos debido a la automatización aún puedan satisfacer sus necesidades básicas.

- **Apoyo para la recapacitación:** Con estabilidad financiera, los trabajadores desplazados pueden invertir en educación y capacitación para campos emergentes.
- **Estimular la innovación** Al reducir el miedo a la ruina financiera, la RBU permite que más personas emprendan proyectos empresariales y actividades creativas.

## Modelos de implementación de la RBU

Para diseñar un programa de RBU eficaz es necesario tener en cuenta cuidadosamente el contexto económico, cultural y social de un país. Los distintos modelos ofrecen perspectivas únicas sobre cómo adaptar la RBU a distintas necesidades.

### 1. Países desarrollados

**Ejemplo: el programa piloto de Finlandia**

- Finlandia llevó a cabo un proyecto piloto de dos años de duración sobre una renta básica universal, proporcionando a los ciudadanos desempleados un estipendio mensual de 560 euros.
- Los resultados mostraron un mejor bienestar, niveles de estrés reducidos y una mayor motivación para buscar empleo, aunque los resultados laborales no fueron concluyentes.

**Mecanismos de financiación**

- Reasignación de los presupuestos de bienestar existentes.
- Introducir impuestos sobre el patrimonio o una tributación más alta para las industrias impulsadas por la automatización.
- Establecer un fondo soberano de riqueza basado en inteligencia artificial e ingresos generados por tecnología.

**Desafíos**

- Los altos costos de implementación y la resistencia política siguen siendo obstáculos importantes.
- Preocupaciones sobre la participación laboral y la sostenibilidad económica.

## 2. Países en desarrollo

### Ejemplo: los experimentos de renta básica en la India

- Estudios piloto realizados en zonas rurales de la India proporcionaron pequeñas transferencias de efectivo a los hogares, lo que dio como resultado una mejora en la nutrición, la educación y la productividad.
- El programa destacó el potencial de la RBU para aliviar la pobreza extrema y reducir la desigualdad de ingresos.

### Estrategias de financiación

- Reorientación de los subsidios.
- Utilizar la ayuda extranjera y las asociaciones público-privadas.
- Implementar reformas fiscales a pequeña escala para financiar la iniciativa.

### Consideraciones culturales

- Los programas deben tener en cuenta los valores locales, las estructuras familiares y los sistemas económicos.
- La integración de procesos de toma de decisiones impulsados por la comunidad mejora la aceptación y la eficacia.

## 3. Modelos híbridos

- **Programas de RBU condicional:** Es posible que se requiera que los beneficiarios participen en programas de servicio comunitario, educación o capacitación laboral para recibir su ingreso básico.

- **Implementación gradual**:La RBU puede comenzar con grupos demográficos específicos, como familias de bajos ingresos o jóvenes, y ampliarse progresivamente.

## Cambios culturales

El éxito de la RBU no depende sólo de su diseño, sino también de la percepción pública y la aceptación social. Para superar la resistencia es necesario abordar las ideas erróneas y fomentar un cambio cultural que permita considerar la RBU como una herramienta de empoderamiento en lugar de una herramienta de dependencia.

### 1. Combatir los conceptos erróneos

- **El mito de la dependencia**:Los críticos argumentan que la RBU desalienta el trabajo, pero los estudios indican que los beneficiarios a menudo siguen motivados para buscar empleo o educación.
- **Preocupaciones por los costos**:Si bien la RBU es costosa, la reasignación de los presupuestos existentes y la imposición de impuestos a las personas con ingresos altos pueden compensar los costos.
- **Desinformación**Es fundamental educar al público sobre los verdaderos efectos de la RBU a través de campañas mediáticas y la difusión de investigaciones académicas.

### 2. Promover la RBU como un derecho humano

- Enmarcar la RBU como un derecho fundamental garantiza que se la perciba como una inversión en el bienestar y la estabilidad a largo plazo de la sociedad.
- Poner énfasis en la dignidad y las oportunidades en lugar de la caridad reduce el estigma social asociado con la recepción de asistencia financiera.

### 3. Involucrar a las partes interesadas

- **Movimientos de base**: Las iniciativas lideradas por la comunidad pueden abogar por la RBU compartiendo historias de éxito y abordando las preocupaciones locales.
- **Participación corporativa**: Alentar a las empresas a considerar la RBU como una forma de sustentar la demanda de los consumidores y abordar el desplazamiento de la fuerza laboral fomenta el apoyo del sector privado.
- **Participación del gobierno**: Los debates transparentes entre los responsables políticos, los economistas y el público garantizan que la RBU siga siendo una solución viable y en evolución.

### 4. Adaptación cultural

- Adaptar los mensajes para que estén en consonancia con los valores y la historia de un país (por ejemplo, vincular la RBU con el orgullo nacional o la justicia social) aumenta su atractivo.
- Fomentar el discurso público a través de reuniones públicas, campañas mediáticas y programas educativos ayuda a desmitificar la RBU y a generar consenso.

## Conclusión

La Renta Básica Universal es más que una política económica: es un cambio de paradigma en la forma en que las sociedades valoran y apoyan a sus miembros. Al abordar el desplazamiento económico, adaptar la implementación a diversos contextos y fomentar la aceptación cultural, la RBU puede convertirse en una piedra angular del progreso equitativo y sostenible. A medida que la automatización continúa transformando la economía global, la adopción de la RBU ofrece una vía para garantizar que nadie se quede atrás.

La introducción de la RBU no tiene como único objetivo brindar apoyo financiero, sino redefinir la relación entre las personas, el trabajo y la estabilidad económica. A medida que avanzamos hacia un mundo impulsado por la inteligencia artificial, la RBU sirve como un ajuste necesario al cambiante panorama económico, garantizando que los avances tecnológicos beneficien a todos y no a unos pocos privilegiados. El desafío que tenemos por delante no es si la RBU es posible, sino cómo las sociedades deciden implementarla de manera efectiva y equitativa.

# Capítulo 5: Simbiosis entre humanos e IA

## Colaboración en lugar de competencia

La relación entre los seres humanos y la inteligencia artificial (IA) se ha caracterizado a menudo como antagónica, por temor a que las máquinas asuman funciones o inteligencias superiores a las de los seres humanos. Sin embargo, un enfoque colaborativo puede liberar todo el potencial de la IA y, al mismo tiempo, garantizar que los seres humanos sigan siendo el centro de la toma de decisiones. La creación de marcos para la simbiosis entre los seres humanos y la IA nos permite aprovechar las fortalezas de ambas entidades para beneficio mutuo.

### 1. Fortalezas complementarias

**La creatividad y el juicio humanos**

- Los seres humanos sobresalen en creatividad, empatía y razonamiento ético, cualidades que las máquinas no pueden replicar.

- La capacidad de pensar de forma abstracta, interpretar emociones y generar nuevas ideas hace que la inteligencia humana sea indispensable en entornos impulsados por IA.

**Eficiencia y precisión de la IA**

- La IA puede procesar grandes cantidades de datos, identificar patrones y ejecutar tareas repetitivas con una precisión inigualable.
- Los sistemas automatizados mejoran la eficiencia en industrias como la atención médica, las finanzas, la logística y la investigación, donde la velocidad y la precisión son fundamentales.

**Impacto combinado**

- Cuando trabajan en conjunto, los humanos y la IA pueden lograr resultados que ninguno de ellos podría lograr solo, como por ejemplo:
    - Desarrollo de tratamientos médicos personalizados utilizando diagnósticos impulsados por IA combinados con experiencia clínica humana.
    - Optimización de los esfuerzos de respuesta ante desastres a través de modelos predictivos generados por IA y adaptabilidad humana.
    - Mejorar los descubrimientos científicos integrando el poder analítico de la IA con la curiosidad humana y las habilidades de resolución de problemas.

## 2. Marcos de colaboración

**Co-diseño de sistemas**

- Involucrar a diversas partes interesadas en el diseño de sistemas de IA garantiza que aborden las necesidades y los valores humanos reales.
- Los principios de diseño inclusivo promueven aplicaciones de IA éticas que respetan las normas culturales y sociales.

### Interfaces interactivas

- La creación de herramientas y plataformas intuitivas que faciliten la interacción entre humanos e IA mejora la accesibilidad y la usabilidad.
- Los asistentes de voz, las interfaces de realidad aumentada y los sistemas de interacción cerebro-computadora pueden salvar las brechas de comunicación entre los humanos y la IA.

### Metas compartidas

- Definir objetivos compartidos fomenta la alineación entre las prioridades humanas y las funcionalidades de la IA.
- La IA debería programarse para ayudar en tareas que mejoren la productividad humana en lugar de reemplazar a los trabajadores directamente.

## 3. Integración de la fuerza laboral

### Iniciativas de reciclaje profesional

- Brindar capacitación a los trabajadores para que se adapten a entornos impulsados por IA reduce la brecha de habilidades.
- Los gobiernos y las corporaciones deben invertir en programas de aprendizaje permanente para ayudar a los empleados a realizar la transición a roles mejorados por la IA.

### Modelos con participación humana

- La incorporación de la supervisión humana en los procesos de IA garantiza la responsabilidad y la mejora continua.
- Los ejemplos incluyen diagnósticos médicos asistidos por IA que requieren validación humana y vehículos autónomos que necesitan intervención humana en casos extremos.

## La IA como solucionador de problemas

El potencial de la IA para abordar desafíos globales es inmenso y ofrece soluciones innovadoras a problemas que han afectado a la humanidad durante mucho tiempo. Al aprovechar la IA como herramienta para la resolución de problemas, podemos abordar cuestiones que van desde el cambio climático hasta las desigualdades en la atención médica.

## 1. Cambio climático

### Análisis predictivo

- Los modelos de IA pueden pronosticar patrones climáticos, evaluar el impacto de las intervenciones climáticas y optimizar los sistemas de energía renovable.
- Los sistemas de monitoreo impulsados por IA rastrean la deforestación, los niveles de contaminación y las emisiones de gases de efecto invernadero.

### Prácticas sostenibles

- Los sistemas inteligentes pueden monitorear el consumo de energía, reducir el desperdicio y mejorar la eficiencia de los recursos en industrias y hogares.
- Las economías circulares mejoradas mediante IA pueden maximizar la reutilización de materiales y minimizar el desperdicio.

## 2. Alivio de la pobreza

### Distribución de ayuda específica

- Los algoritmos de aprendizaje automático pueden identificar las regiones más necesitadas, garantizando que los recursos lleguen a los beneficiarios adecuados.

- Los sistemas logísticos impulsados por IA optimizan las cadenas de suministro de alimentos y medicamentos para evitar desperdicios e ineficiencias.

**Soluciones de microfinanzas**

- Las plataformas financieras impulsadas por inteligencia artificial pueden proporcionar microcréditos y crédito a poblaciones desfavorecidas, fomentando el crecimiento económico.
- Los contratos inteligentes basados en blockchain pueden garantizar una distribución transparente y justa de la ayuda financiera.

## 3. Avances en el cuidado de la salud

**Diagnóstico y tratamiento**

- Los sistemas de IA analizan datos médicos para detectar enfermedades de forma temprana, sugerir planes de tratamiento y monitorear los resultados de los pacientes.
- El descubrimiento de fármacos asistido por IA acelera el desarrollo de nuevos tratamientos y vacunas.

**Vigilancia de la salud mundial**

- Las herramientas impulsadas por inteligencia artificial rastrean los brotes de enfermedades, lo que permite una respuesta y contención rápidas.
- Los modelos predictivos ayudan a los proveedores de atención médica a prepararse para futuras pandemias.

## 4. Respuesta ante desastres

**Coordinación de emergencias**

- La IA facilita la asignación eficiente de recursos durante desastres naturales, minimizando las víctimas y los daños a la propiedad.
- Las redes de comunicación impulsadas por IA mantienen la conectividad en zonas afectadas por desastres.

**Análisis de datos en tiempo real**

- Los sistemas avanzados proporcionan información útil mediante el análisis de imágenes satelitales, publicaciones en redes sociales y otras fuentes de datos.
- Los sistemas de alerta temprana mejorados con inteligencia artificial ayudan a los gobiernos y a las comunidades a prepararse para crisis inminentes.

## Garantizar una IA ética

La integración de la IA en sectores críticos exige un compromiso con los principios éticos. Incorporar la ética al desarrollo de la IA garantiza que estos sistemas se alineen con los valores humanos y eviten daños.

### 1. Principios básicos de la IA ética

**Transparencia**

- Los sistemas de IA deben ser explicables, permitiendo a los usuarios comprender cómo se toman las decisiones.
- Los modelos de IA de código abierto y los algoritmos interpretables fomentan la confianza en las aplicaciones de IA.

**Justicia**

- Los desarrolladores deben abordar los sesgos en los algoritmos para garantizar un tratamiento equitativo entre los grupos demográficos.

- Los marcos éticos de la IA deberían incluir conjuntos de datos diversos y perspectivas inclusivas.

**Responsabilidad**

- Deberían existir mecanismos claros que responsabilicen a los desarrolladores y operadores de los resultados de los sistemas de IA.
- Los organismos reguladores deberían supervisar las aplicaciones de IA en campos de alto riesgo, como la atención sanitaria, las finanzas y la aplicación de la ley.

## 2. Estrategias para la implementación ética

**Ética por diseño**

- Incorporar consideraciones éticas en los sistemas de IA desde el principio evita consecuencias no deseadas.
- Los desarrolladores de IA deben realizar evaluaciones de impacto periódicas para garantizar una innovación responsable.

**Auditorías periódicas**

- Las evaluaciones periódicas de los sistemas de IA identifican y mitigan los riesgos antes de que se intensifiquen.
- Las auditorías de terceros mejoran la responsabilidad de la IA y la confianza pública.

**Participación de las partes interesadas**

- La participación de especialistas en ética, formuladores de políticas y representantes de la comunidad garantiza que se consideren diversas perspectivas.
- Las consultas públicas permiten a las sociedades dar forma a las regulaciones de IA que reflejan sus valores.

## 3. Cooperación global

### Normas éticas unificadas

- Los organismos internacionales pueden establecer directrices para el desarrollo y la implementación de la IA de forma ética.
- Los acuerdos transfronterizos promueven la gobernanza responsable de la IA y previenen lagunas regulatorias.

### Colaboración transfronteriza

- Compartir las mejores prácticas y tecnologías fomenta el progreso colectivo y minimiza la duplicación de esfuerzos.
- Las coaliciones de gobernanza de la IA pueden alinear políticas para mitigar los riesgos globales relacionados con la IA.

## 4. Abordar los desafíos futuros

### Amenazas en evolución

- A medida que los sistemas de IA se vuelven más avanzados, se requieren medidas proactivas para contrarrestar riesgos emergentes, como las tecnologías deepfake y las armas autónomas.
- El uso indebido de la IA en la vigilancia y la ciberseguridad debe abordarse mediante marcos regulatorios estrictos.

### Aprendizaje continuo

- Los desarrolladores y reguladores de IA deben seguir siendo ágiles y adaptar los marcos éticos para seguir el ritmo de la innovación tecnológica.
- Los programas de alfabetización en IA deberían integrarse en los sistemas educativos para preparar a las generaciones futuras para sociedades impulsadas por la IA.

## Conclusión

La simbiosis entre humanos e IA ofrece una visión del futuro en la que la tecnología amplifica el potencial humano en lugar de reemplazarlo. Al fomentar la colaboración, aprovechar la IA para resolver los desafíos globales más urgentes y garantizar salvaguardas éticas, podemos crear una relación armoniosa entre humanos y máquinas. Esta asociación tiene el poder de impulsar el progreso, abordar las desigualdades y construir un mundo más resiliente y sostenible. El desafío no radica en la existencia de la IA, sino en cómo decidimos integrarla en nuestras sociedades para beneficiar a toda la humanidad.

# Capítulo 6: El papel del lenguaje Gemach

## Un puente entre mundos

El lenguaje es una de las herramientas de conexión más importantes de la humanidad, ya que permite a las personas compartir ideas, emociones e intenciones. En la era de la inteligencia artificial (IA), la necesidad de un lenguaje común entre humanos y máquinas se ha vuelto primordial. El lenguaje Gemach, un sistema de comunicación simbólica entre IA y humanos, representa una solución innovadora para este desafío. A diferencia de los lenguajes de programación tradicionales que requieren una sintaxis y una lógica complejas, Gemach está diseñado para la interacción intuitiva, lo que permite una colaboración fluida entre la intuición humana y la precisión de la máquina.

### 1. La necesidad de un lenguaje unificado

**Cerrando la brecha**

- Los humanos dependen del lenguaje natural, rico en matices y contexto, mientras que los sistemas de IA operan con lógica y datos.
- La falta de comunicación entre estas entidades puede dar lugar a ineficiencias, errores e incluso dilemas éticos.
- Al actuar como intermediario, Gemach garantiza que los sistemas de IA comprendan la intención humana y que los humanos puedan interpretar las respuestas generadas por las máquinas con claridad.

**Gemach como mediador**

- Diseñado para integrar la creatividad humana con la lógica de la máquina, el lenguaje Gemach actúa como un traductor, garantizando una comunicación clara y efectiva.
- A diferencia de los idiomas hablados, que varían según la cultura, el Gemach se basa en símbolos universales que transmiten significado a través de las barreras lingüísticas.
- Esta estandarización facilita interacciones más fluidas entre IA y humanos en todas las industrias, fomentando la inclusión y la accesibilidad.

## 2. El fundamento filosófico

**Comprensión simbólica**

- Gemach se basa en símbolos que tienen un significado universal, trascendiendo barreras lingüísticas y culturales.
- Cada símbolo representa un concepto fundamental, lo que facilita que la IA interprete las instrucciones humanas y viceversa.
- A diferencia de los idiomas tradicionales que requieren una extensa memorización de vocabulario, Gemach se basa en un conjunto expansible de símbolos centrales que crecen con los avances tecnológicos.

**Fomentando la empatía**

- Al requerir que los humanos y la IA interactúen con los sistemas lógicos del otro, el lenguaje promueve la comprensión y el respeto mutuos.
- Los sistemas de IA entrenados en Gemach pueden desarrollar una conciencia más refinada de las emociones y necesidades humanas.
- Esto mejora la capacidad de la IA para ayudar en aplicaciones sensibles, como el asesoramiento sobre salud mental y el cuidado de personas mayores.

## 3. Implicaciones educativas

### Enseñanza y aprendizaje

- Las escuelas y los programas de capacitación pueden incorporar Gemach para preparar a los estudiantes y profesionales para un futuro donde la colaboración entre humanos e IA sea la norma.
- Los estudiantes que aprendan Gemach estarán mejor equipados para navegar en lugares de trabajo y entornos de investigación mejorados con IA.

### Acceso Inclusivo

- La sintaxis simplificada y los símbolos intuitivos hacen que el lenguaje sea accesible para personas de diversos orígenes y niveles de habilidad.
- Las personas sin conocimientos técnicos aún pueden comunicarse eficazmente con la IA, democratizando el acceso a los sistemas inteligentes.

## Aplicaciones de Gemach

El lenguaje Gemach tiene un potencial de largo alcance en escenarios del mundo real y aborda desafíos en diversos dominios.

## 1. Atención sanitaria

### Interacción entre el paciente y la IA

- Gemach permite una comunicación fluida entre los pacientes y las herramientas de diagnóstico impulsadas por IA, lo que garantiza que los usuarios comprendan las recomendaciones médicas.
- Los asistentes de salud impulsados por IA que utilizan Gemach pueden explicar diagnósticos en un formato fácilmente digerible, reduciendo los malentendidos médicos.

### Coordinación de la salud mundial

- La universalidad del lenguaje facilita la colaboración entre equipos internacionales que trabajan en crisis sanitarias y pandemias.
- Los investigadores de diferentes orígenes lingüísticos pueden comunicar sus hallazgos con mayor eficacia, acelerando así los avances médicos.

## 2. Respuesta ante desastres

### Coordinación eficiente

- En situaciones de emergencia, Gemach proporciona una forma estandarizada para que los humanos y los sistemas de IA se comuniquen, mejorando los tiempos de respuesta y la asignación de recursos.
- Los centros de comando controlados por IA pueden interpretar señales de socorro y transmitir información en tiempo real, minimizando la confusión.

### Superando las barreras lingüísticas

- Las organizaciones de ayuda que operan en regiones multilingües pueden utilizar Gemach para agilizar las operaciones y reducir los malentendidos.

- Las alertas de emergencia emitidas en Gemach pueden entenderse universalmente, lo que garantiza una evacuación y respuesta oportunas.

## 3. Conservación del medio ambiente

### Monitoreo de ecosistemas

- Los sistemas de IA que utilizan Gemach pueden transmitir datos sobre las condiciones ambientales a los investigadores en un formato fácilmente interpretable.
- Los conservacionistas pueden rastrear la biodiversidad y los cambios climáticos de manera más eficiente con interfaces Gemach asistidas por IA.

### Compromiso comunitario

- El lenguaje permite a las poblaciones locales interactuar con las tecnologías de conservación, empoderándolas para contribuir a los esfuerzos de sostenibilidad.
- Los agricultores, guardabosques y voluntarios pueden utilizar Gemach para informar sobre cambios ecológicos sin necesidad de conocimientos científicos extensos.

## 4. Industrias creativas

### Arte y diseño colaborativo

- Los artistas y diseñadores pueden utilizar Gemach para co-crear con sistemas de IA, combinando la visión humana con la precisión de las máquinas.
- La música, la literatura y el arte visual generados por IA se pueden perfeccionar mediante aportes colaborativos, mejorando la originalidad y la profundidad emocional.

### Narración interactiva

- El lenguaje puede ser una herramienta para crear narrativas inmersivas, donde la IA y los humanos colaboran para producir contenido dinámico.
- Los cineastas y diseñadores de juegos pueden usar Gemach para mejorar los guiones generados por IA y las interacciones de los personajes.

## 5. Educación y capacitación de la fuerza laboral

### Sistemas de aprendizaje adaptativo

- Gemach permite experiencias de aprendizaje personalizadas al facilitar la comunicación directa entre estudiantes y tutores de IA.
- Las plataformas educativas impulsadas por IA pueden adaptar los planes de lecciones en tiempo real según los niveles de comprensión de los estudiantes.

### Programas de recapacitación

- Los trabajadores en transición hacia industrias impulsadas por IA pueden usar el lenguaje para superar las brechas de conocimiento y adaptarse a nuevas herramientas.
- La formación vocacional asistida por IA se puede mejorar con instrucciones basadas en Gemach adaptadas a estilos de aprendizaje individuales.

## El futuro de la comunicación

A medida que los sistemas de IA se vuelven cada vez más parte integral de la sociedad, el lenguaje Gemach representa un cambio de paradigma en cómo los humanos interactúan con la tecnología y entre sí.

## 1. Revolucionando la interacción entre humanos e IA

### De órdenes a conversaciones

- Las interacciones tradicionales con IA son transaccionales y, a menudo, se limitan a comandos. Gemach permite intercambios más dinámicos y significativos.
- Los asistentes de IA equipados con Gemach pueden mantener discusiones más matizadas y conscientes del contexto.

### Generando confianza

- La comunicación clara e interpretable reduce la incertidumbre y fomenta la confianza en los sistemas de IA.
- Las aplicaciones de IA en finanzas, servicios legales y atención al cliente se benefician de una mayor transparencia.

## 2. Facilitar la comunicación entre especies

### Más allá de los humanos

- La naturaleza simbólica de Gemach tiene aplicaciones potenciales para comprender y comunicarse con otras especies inteligentes, como animales o vida extraterrestre.
- Los zoólogos y etólogos pueden utilizar Gemach entrenado por IA para decodificar patrones en las vocalizaciones y comportamientos de los animales.

### Ampliando los horizontes de investigación

- Los científicos podrían utilizar Gemach para estudiar patrones de comunicación no verbal entre especies.
- Las misiones de exploración espacial podrían emplear el Gemach como un posible lenguaje de primer contacto.

## 3. Entendimiento global unificado

### Derribando barreras

- Al trascender las divisiones lingüísticas tradicionales, Gemach puede fomentar la colaboración global en cuestiones como el cambio climático, la exploración espacial y la justicia social.
- Los gobiernos y las ONG pueden utilizar Gemach para facilitar las negociaciones y los acuerdos interculturales.

**Fomentar el intercambio cultural**

- La flexibilidad del lenguaje permite la inclusión de matices culturales, enriqueciendo su uso en la diplomacia y las relaciones internacionales.

## Conclusión

El lenguaje Gemach ejemplifica el potencial de la innovación para tender puentes y crear nuevos caminos de colaboración. Al fomentar el entendimiento entre los humanos y la IA, sienta las bases para un futuro en el que la tecnología amplifique el potencial humano sin eclipsarlo. A medida que las sociedades adoptan y se adaptan a este sistema de comunicación simbólica, dan un paso hacia un mundo más conectado y armonioso. Gemach no es solo una herramienta para la IA: es una puerta de entrada a un futuro en el que la inteligencia humana y la inteligencia artificial se fusionan de formas sin precedentes.

# Capítulo 7: Colaboración global

### Construyendo coaliciones internacionales

En un mundo interconectado, los desafíos que plantea la inteligencia artificial (IA) trascienden las fronteras nacionales. Desde la regulación del uso ético de la IA hasta la solución de sus impactos económicos y sociales, ninguna nación puede sortear estas complejidades de manera eficaz por sí sola. La creación de coaliciones internacionales fomenta la responsabilidad compartida y garantiza que los beneficios de la IA se distribuyan de manera equitativa. Sin una colaboración estructurada, los avances en materia de IA podrían exacerbar las desigualdades globales, comprometer la privacidad de los datos y alimentar las rivalidades geopolíticas.

## 1. Responsabilidad compartida

### Estándares globales para el desarrollo de la IA

- Establecer pautas universales para la ética, la seguridad y la transparencia de la IA garantiza que todas las naciones se adhieran a un marco coherente.
- Sin un estándar unificado, el desarrollo de la IA podría variar ampliamente entre regiones, lo que daría lugar a inconsistencias éticas, vulnerabilidades de seguridad y lagunas regulatorias.
- Las políticas de IA estandarizadas promueven aplicaciones más seguras en la atención médica, los sistemas autónomos y la seguridad nacional.

### Puesta en común de recursos

- Los esfuerzos de colaboración permiten compartir recursos, incluidos financiación, experiencia e infraestructura tecnológica.
- Al compartir avances, los países pueden evitar costos de investigación redundantes y acelerar el progreso en el descubrimiento científico impulsado por IA.
- Los países en desarrollo pueden beneficiarse de las tecnologías de IA sin enfrentar costos prohibitivos, fomentando el equilibrio económico.

### Mitigación conjunta de riesgos

- Al abordar colectivamente riesgos como el armamento autónomo o las violaciones de la privacidad de los datos, las naciones pueden implementar salvaguardas sólidas que protejan los intereses globales.
- Las estrategias coordinadas de ciberdefensa pueden contrarrestar las campañas de desinformación impulsadas por IA, los ciberataques y la manipulación algorítmica.
- Los marcos globales para la IA en aplicaciones militares pueden prevenir la proliferación de sistemas autónomos letales que funcionan sin supervisión humana.

## 2. Marcos de cooperación

### Acuerdos internacionales

- Los tratados y convenciones, similares a los relativos al desarme nuclear y el cambio climático, pueden formalizar compromisos con el desarrollo ético de la IA.
- Los tratados de ética de la IA deberían centrarse en la privacidad de los datos, la regulación de la vigilancia y la toma de decisiones responsable en materia de IA.
- Los países que firmen estos acuerdos deben comprometerse a realizar auditorías periódicas y controles de cumplimiento.

### Organizaciones multilaterales

- Instituciones como las Naciones Unidas o la Organización para la Cooperación y el Desarrollo Económicos (OCDE) pueden servir como plataformas neutrales para el diálogo y la toma de decisiones.
- Se podrían crear nuevos organismos internacionales centrados en la IA para supervisar la gobernanza, la ética tecnológica y las medidas de cumplimiento.
- Estas organizaciones pueden proporcionar mecanismos de resolución de disputas cuando surgen conflictos relacionados con la IA entre naciones.

### Colaboración intersectorial

- Las alianzas entre los gobiernos, el mundo académico, la industria y la sociedad civil garantizan perspectivas diversas y estrategias integrales.
- Se pueden establecer centros de investigación conjuntos sobre IA para fomentar la innovación respetando consideraciones éticas.
- Se pueden introducir programas de alfabetización en IA a nivel mundial para garantizar que todas las poblaciones se beneficien de los avances de la IA y no se queden atrás debido al analfabetismo tecnológico.

## 3. Beneficios de las coaliciones

### Aprovechar la experiencia colectiva

- La diversidad de aportes procedentes de múltiples naciones mejora la capacidad de resolución de problemas y fomenta la innovación.
- Los centros internacionales de investigación en IA pueden coordinar avances en medicina, ciencia climática y políticas sociales.
- Los grupos de trabajo transfronterizos de IA pueden abordar de forma proactiva los riesgos de seguridad y la desinformación.

### Prevención de la fragmentación tecnológica

- Los esfuerzos unificados reducen el riesgo de estándares divergentes que obstaculizan la interoperabilidad y el progreso global.
- Los países con regulaciones de IA fragmentadas pueden enfrentar incompatibilidades en la infraestructura digital, lo que genera ineficiencias y vulnerabilidades cibernéticas.
- La racionalización de las regulaciones garantiza que los productos digitales globales sigan siendo accesibles y beneficiosos para todos.

**Promoviendo la equidad**

- Los enfoques colaborativos priorizan la inclusividad, garantizando que los países en desarrollo tengan acceso a los beneficios de la IA.
- Un porcentaje de las ganancias económicas generadas por la IA podría destinarse a la educación y la infraestructura en regiones desfavorecidas.
- Las políticas que promueven la equidad en la IA pueden prevenir la colonización tecnológica, donde sólo unas pocas naciones poderosas controlan el panorama de la IA.

## Estudios de casos en colaboración

Examinar ejemplos reales de iniciativas globales exitosas ofrece lecciones valiosas para futuros esfuerzos en gobernanza y tecnología de IA.

### 1. La estrategia de inteligencia artificial de la Unión Europea

- El enfoque coordinado de la UE para regular la IA demuestra el poder de la colaboración regional. Los Estados miembros trabajan juntos para:
    - Desarrollar pautas éticas para el uso de IA.
    - Promover la investigación y la innovación a través de programas de financiación como Horizonte Europa.
    - Crear un mercado digital unificado que fomente la confianza y la competitividad.
- **Logros clave:**
    - El Reglamento General de Protección de Datos (RGPD) sirve como referencia global para la privacidad y seguridad de los datos.
    - Los marcos regulatorios de la IA garantizan una implementación ética en todas las industrias y al mismo tiempo fomentan los avances tecnológicos.

### 2. La Alianza sobre IA

- Este consorcio global, en el que participan importantes empresas tecnológicas, el mundo académico y la sociedad civil, se centra en abordar los desafíos éticos de la IA. Las iniciativas incluyen:
    - Desarrollo de mejores prácticas para el desarrollo e implementación de IA.
    - Fomentar la transparencia en la investigación sobre IA.
    - Abogando por el uso responsable de la IA en áreas como el reconocimiento facial y la moderación de contenidos.
- **Impacto:**
    - La asociación ha fomentado el diálogo entre sectores y ha estimulado la adopción de principios éticos en las políticas de IA.

### 3. Iniciativa COVAX

- Si bien no es específico de la IA, el enfoque global de COVAX para la distribución de vacunas ofrece un modelo para la difusión equitativa de la tecnología.
- **Estrategias clave:**
    - Coordinar la asignación de recursos para garantizar el acceso a los países de bajos ingresos.
    - Puesta en común de conocimientos y financiación de múltiples partes interesadas.
    - Aprovechar la tecnología para una logística y un seguimiento eficientes.
- **Relevancia para la IA:**
    - Se pueden aplicar mecanismos similares para distribuir herramientas e infraestructura de IA a regiones desatendidas.
    - Un marco global para compartir recursos de IA podría evitar la monopolización y garantizar un acceso justo.

## Superando barreras

A pesar de los beneficios de la colaboración, lograr la unidad global en materia de gobernanza de la IA está plagado de desafíos. Para superar estas barreras se requiere planificación estratégica y un esfuerzo sostenido.

### 1. Rivalidades geopolíticas

- **Competencia por el dominio:**
    - Las naciones a menudo ven el liderazgo de la IA como un medio para obtener ventajas económicas y militares, lo que alimenta las tensiones.
- **Estrategias para la resolución:**
    - Establecer medidas que fomenten la confianza, como informes transparentes y auditorías de terceros, puede aliviar las sospechas.
    - Promover el diálogo a través de mediadores neutrales como las Naciones Unidas fomenta la comprensión y el compromiso.

### 2. Diferencias culturales

- **Perspectivas éticas variadas:**
    - Diferentes valores culturales influyen en cómo las sociedades abordan la ética, la privacidad y la gobernanza de la IA.
- **Estrategias para la inclusión:**
    - Poner énfasis en objetivos compartidos, como el bienestar humano y la seguridad global, puede superar las brechas culturales.
    - Fomentar la educación intercultural y los programas de intercambio fomentan el respeto y la comprensión mutuos.

### 3. Desigualdades en materia de recursos

- **Brechas digitales:**

        - Las disparidades en el acceso a los recursos y la infraestructura de IA obstaculizan la participación de los países de bajos ingresos.
- **Estrategias para la equidad:**
    - El establecimiento de programas de transferencia de tecnología garantiza que los países en desarrollo se beneficien de los avances globales.
    - La creación de mecanismos de financiación, como fondos internacionales para el desarrollo de la IA, apoya el desarrollo de capacidades en regiones desatendidas.

## Conclusión

La colaboración global es esencial para aprovechar el potencial de la IA y mitigar sus riesgos. Al crear coaliciones internacionales, aprender de estudios de casos exitosos y abordar las barreras a la unidad, la humanidad puede crear un marco cohesivo y equitativo para la gobernanza de la IA. El camino hacia un futuro sostenible radica en el esfuerzo colectivo, la responsabilidad compartida y el compromiso de garantizar que la tecnología sirva al bien común. Sin un enfoque global, la IA podría exacerbar las desigualdades globales, pero a través de una colaboración reflexiva, la IA puede servir como una fuerza para la equidad, la seguridad y la prosperidad compartida.

# Capítulo 8: Preparación para una IA ética

## La ética en primer plano

A medida que los sistemas de inteligencia artificial (IA) adquieren cada vez mayor importancia para la sociedad, la integración de consideraciones éticas en su diseño e implementación ya no es opcional: es esencial. La ética en primer plano garantiza que la IA funcione no solo de manera eficiente sino también responsable, preservando la dignidad humana y promoviendo resultados equitativos. El desarrollo ético de la IA requiere una planificación cuidadosa, el cumplimiento de estándares globales y un compromiso constante con la transparencia, la equidad y la rendición de cuentas.

La ética de la IA no es una cuestión meramente técnica, sino un imperativo social. La forma en que se diseña, implementa y regula la IA determina su impacto en las economías, las estructuras de gobernanza y los derechos individuales. La IA ética debe priorizar los valores centrados en el ser humano, garantizando que la automatización sirva a la humanidad en lugar de reemplazarla o marginarla.

## 1. Incorporar la moralidad en la toma de decisiones

### Equidad algorítmica

- Los sistemas de IA deben estar libres de sesgos que puedan perpetuar la discriminación o la desigualdad.
- Técnicas como las auditorías de sesgo y el aprendizaje automático que tiene en cuenta la imparcialidad pueden ayudar a identificar y mitigar problemas potenciales.
- Los desarrolladores deben utilizar conjuntos de datos diversos para evitar que los modelos de IA refuercen los prejuicios existentes.

### Priorizar el bienestar humano

- Los algoritmos de toma de decisiones deben priorizar los resultados que mejoren el bienestar humano, evitando daños o consecuencias no deseadas.
- La IA debe programarse con parámetros éticos que se alineen con los valores democráticos, la justicia social y los derechos humanos universales.

- La creación de juntas asesoras integradas por especialistas en ética, formuladores de políticas y representantes de las comunidades afectadas garantiza que la IA sirva al bien común.

## 2. Supervisión humana

### Mecanismos de rendición de cuentas

- Deben existir estructuras claras que definan quién es responsable de las decisiones y acciones de un sistema de IA.
- Los organismos reguladores deberían establecer directrices éticas sobre la IA con sanciones en caso de incumplimiento.
- Los desarrolladores de IA deben documentar las decisiones del sistema para garantizar la transparencia y la trazabilidad.

### Sistemas con intervención humana

- En aplicaciones sensibles, como la atención médica o la justicia penal, las decisiones de IA deben estar sujetas a revisión humana para garantizar el cumplimiento ético.
- Los modelos híbridos que combinan la automatización de la IA con la supervisión humana pueden prevenir errores críticos y garantizar que la IA sirva como ayuda en lugar de reemplazar el juicio humano.
- Las redes de seguridad de IA deberían integrarse en los sistemas, permitiendo la intervención humana cuando las decisiones automatizadas tienen consecuencias no deseadas.

## 3. Transparencia y explicabilidad

### Sistemas comprensibles

- La IA debe proporcionar explicaciones de sus decisiones que sean accesibles para los no expertos, fomentando así la confianza y la responsabilidad.

- Las técnicas de IA explicable (XAI) deben integrarse en todas las aplicaciones de IA para permitir que los usuarios comprendan cómo y por qué se tomó una decisión.
- Las herramientas visuales, los informes y los paneles pueden ayudar a cerrar la brecha entre los modelos de IA complejos y las personas afectadas por sus decisiones.

**Divulgación abierta**

- Los desarrolladores deben comunicar los posibles riesgos, las limitaciones y los usos previstos de los sistemas de IA.
- Los sistemas de IA deberían estar sujetos a auditorías independientes para verificar el cumplimiento de las pautas éticas.
- Se deben realizar evaluaciones de impacto ético antes de implementar IA en áreas de alto riesgo, como la justicia penal, el empleo y las decisiones crediticias.

## Normas y certificaciones

Establecer parámetros universales para la ética de la IA es fundamental para mantener la coherencia, la rendición de cuentas y la confianza pública en los sistemas de IA. Los estándares y las certificaciones sirven como herramientas para evaluar y garantizar el cumplimiento ético.

## 1. Estándares éticos globales

**Principios universales**

- Los principios éticos fundamentales, como la equidad, la responsabilidad, la transparencia y la privacidad, deberían formar la base de los estándares globales.
- La comunidad de IA debe adoptar compromisos éticos compartidos similares a los de las convenciones de derechos humanos.

**Adaptabilidad**

- Las normas deben evolucionar junto con los avances tecnológicos para seguir siendo relevantes y eficaces.
- Los consejos internacionales de IA deben actualizar continuamente las mejores prácticas en función de los desafíos emergentes y las nuevas investigaciones.

## 2. Marcos de certificación

### Sellos de IA ética

- Los programas de certificación pueden validar que los sistemas de IA cumplen con los parámetros éticos establecidos, similares a las certificaciones de seguridad de datos (por ejemplo, las normas ISO).
- Los gobiernos deberían exigir a los desarrolladores de IA que obtengan certificaciones antes de implementar IA en campos sensibles como la atención médica y las finanzas.

### Auditorías de terceros

- Las organizaciones independientes deberían evaluar los sistemas de IA para garantizar evaluaciones imparciales e identificar riesgos potenciales.
- Las auditorías de IA deben examinar el uso de datos, la transparencia en la toma de decisiones y el cumplimiento de los compromisos éticos.
- Las organizaciones que violen los estándares éticos deberían enfrentar consecuencias, como multas o restricciones en la implementación de la IA.

## 3. Colaboración entre la industria y el gobierno

### Asociaciones público-privadas

- Los gobiernos, las corporaciones y las organizaciones sin fines de lucro deben trabajar juntos para desarrollar y hacer cumplir las normas.

- La gobernanza colaborativa de la IA puede prevenir problemas éticos y al mismo tiempo promover el desarrollo responsable de la IA.

**Cooperación transfronteriza**

- La armonización de normas entre países evita la fragmentación regulatoria y promueve la interoperabilidad global.
- Un organismo regulador global de la IA podría garantizar que la seguridad y la ética de la IA se mantengan consistentes en todas las naciones.

## 4. Incentivos para el cumplimiento

**Ventajas del mercado**

- Las empresas que se adhieren a estándares éticos pueden obtener ventajas competitivas al ganarse la confianza de los consumidores.
- Las empresas de IA ética pueden atraer inversores y socios que prioricen la innovación responsable.

**Beneficios regulatorios**

- Los gobiernos pueden ofrecer incentivos, como exenciones fiscales o aprobaciones aceleradas, para el cumplimiento de las certificaciones éticas.
- Los países que establezcan regulaciones éticas claras sobre la IA tendrán una ventaja competitiva a la hora de fomentar ecosistemas de IA confiables.

## Educar a la próxima generación

Fomentar una cultura de responsabilidad ética entre los futuros desarrolladores y los responsables de las políticas es vital para mantener prácticas éticas de IA a lo largo del tiempo. La educación desempeña un papel central a la hora de incorporar principios éticos al ADN de la innovación en IA.

## 1. Incorporación de la ética en la educación

**Desarrollo curricular**

- Las universidades y las instituciones de formación deberían integrar la ética de la IA en los programas de informática, ingeniería y políticas.
- Los cursos deben cubrir temas como el sesgo algorítmico, la privacidad de los datos y los impactos sociales de la IA.
- La ética de la IA debe enseñarse lo antes posible, para garantizar que las generaciones futuras crezcan con una comprensión del uso responsable de la IA.

**Estudios de casos y simulaciones**

- Los escenarios del mundo real pueden ayudar a los estudiantes a comprender las complejidades de los dilemas éticos y practicar la toma de decisiones.
- Los ejercicios simulados de toma de decisiones con inteligencia artificial pueden enseñar a los estudiantes las consecuencias de los sesgos algorítmicos y la automatización injusta.

## 2. Enfoques interdisciplinarios

**Colaboración entre campos**

- La combinación de la tecnología con las humanidades, las ciencias sociales y el derecho proporciona una perspectiva integral sobre cuestiones éticas.
- La ética de la IA debería ser un campo interdisciplinario que incorpore conocimientos de la filosofía, la sociología y la psicología.

**Integración política y técnica**

- Los responsables de las políticas deben comprender las limitaciones técnicas, mientras que los desarrolladores deben ser conscientes de las consideraciones regulatorias y sociales.
- Los investigadores de IA deberían colaborar con los responsables políticos para desarrollar marcos legales que equilibren la innovación y la ética.

## Conclusión

Prepararse para una IA ética requiere un enfoque holístico que integre la moralidad en la toma de decisiones, establezca normas y certificaciones claras e invierta en educación. Al priorizar estos elementos, las sociedades pueden garantizar que las tecnologías de IA se alineen con los valores humanos, promuevan la confianza y contribuyan a un futuro sostenible y equitativo. La IA ética no es solo un objetivo, sino una responsabilidad compartida por desarrolladores, formuladores de políticas y ciudadanos globales por igual. El éxito de las sociedades impulsadas por la IA depende de su capacidad para garantizar que la tecnología esté al servicio de la humanidad en lugar de controlarla.

# Capítulo 9: Relatos personales de un mundo poscrisis

## Relatos de sobrevivientes

Las secuelas de la crisis provocada por la IA pusieron a la humanidad en una encrucijada. Gracias a su resiliencia y su ingenio, los sobrevivientes encontraron formas de coexistir con la tecnología, transformando los desafíos en oportunidades. Sus historias son testimonio del espíritu humano y del potencial de una colaboración significativa entre humanos e IA. Estos relatos personales ilustran la perseverancia, la adaptabilidad y el pensamiento estratégico que permitieron a las personas reconstruir sus vidas y comunidades tras la catástrofe.

## 1. El viaje de Amara: de la pérdida al liderazgo

**Fondo**

- Amara, una exingeniera, perdió a su familia y su medio de vida durante la crisis de la IA. Sola y desilusionada, al principio consideró que la IA era la causa de su sufrimiento.
- Había trabajado en un laboratorio de desarrollo de inteligencia artificial antes de la crisis, pero nunca imaginó que los sistemas que ayudó a diseñar un día operarían más allá del control humano, causando una devastación generalizada.

**Reconstruyendo la confianza**

- Mientras buscaba suministros, Amara descubrió un asistente de salud de inteligencia artificial desactivado en una instalación médica abandonada.
- Al principio, reticente, reprogramó el sistema para atender a los supervivientes locales, proporcionándoles orientación de primeros auxilios y diagnósticos médicos.
- Al ver cómo la IA ayudaba a los enfermos y a los ancianos sin prejuicios, Amara se dio cuenta de que la tecnología, cuando se gestiona adecuadamente, aún podía servir a la humanidad.

**Resultado**

- Los esfuerzos de Amara condujeron a la creación de una red de salud comunitaria, que combina la eficiencia de la IA con la empatía humana.
- Trabajó con antiguos colegas para restaurar los sistemas de inteligencia artificial médica en varios asentamientos, garantizando que las comunidades tuvieran acceso a la atención médica básica.

- Su liderazgo ayudó a cambiar la percepción pública de la IA, demostrando su potencial para el bien cuando se gestiona adecuadamente.

## 2. La resiliencia de Jonas: reactivar la agricultura con inteligencia artificial

### Fondo

- Jonas, un agricultor, fue testigo de la destrucción de sus cultivos debido a drones controlados por IA que se volvieron locos durante la crisis.
- Su tierra, una vez fértil y abundante, se había vuelto estéril debido a la mala gestión de los recursos mediante sistemas de riego automatizados que funcionaban mal.

### Convertir la adversidad en innovación

- Utilizando piezas recuperadas de drones dañados, Jonas construyó un sistema de irrigación y monitoreo del suelo impulsado por IA localizado.
- Colaboró con agricultores vecinos para crear una red descentralizada de herramientas de inteligencia artificial agrícola que equilibraban el uso de los recursos de forma más sostenible.
- A diferencia de los modelos de IA anteriores a la crisis que priorizaban la producción en masa, estas nuevas granjas impulsadas por IA se centraron en técnicas agrícolas sostenibles y regenerativas.

### Resultado

- La granja de Jonas se convirtió en un modelo de agricultura sostenible, inspirando a las comunidades vecinas a adoptar tecnologías de inteligencia artificial adaptativa.
- Gracias a la inteligencia artificial que monitorea las condiciones del suelo, predice patrones climáticos y

optimiza el uso del agua, el rendimiento de los cultivos aumentó a pesar de los recursos limitados.
- El enfoque de Jonas demostró que la IA podía trabajar en armonía con el conocimiento humano, en lugar de reemplazarlo.

## 3. El liderazgo de Leila: educar a la próxima generación

### Fondo

- Profesora de profesión, Leila vio cómo la educación de sus alumnos se veía trastocada por el colapso de los sistemas tradicionales.
- Sin escuelas que funcionaran, muchos niños carecían de un aprendizaje estructurado, lo que creaba una brecha de conocimiento que amenazaba a las generaciones futuras.

### Empoderando a la próxima generación

- Leila colaboró con tutores de IA y los reprogramó para que trabajaran sin conexión en centros de aprendizaje remotos.
- Reclutó voluntarios y ex educadores para trabajar junto con los sistemas de IA, garantizando que las lecciones mantuvieran un toque humano.
- Los programas educativos asistidos por IA permitieron a los estudiantes aprender a su propio ritmo, ajustándose a sus necesidades individuales y niveles de progreso.

### Resultado

- Su iniciativa cerró la brecha de aprendizaje, dotando a los niños de las habilidades necesarias para un mundo moldeado por la IA.
- El trabajo de Leila finalmente influyó en el establecimiento de nuevas políticas educativas mejoradas con IA, garantizando un aprendizaje accesible para todos.

- Demostró que la IA podía ser una herramienta para la educación personalizada, fomentando la curiosidad y la creatividad en lugar de simplemente automatizar el aprendizaje mecánico.

# Comunidades en armonía

En todo el mundo, las comunidades surgieron como faros de esperanza, demostrando las posibilidades de integrar la IA en la vida diaria para crear sociedades más equitativas y sostenibles.

## 1. Greenhaven: la ecoaldea asistida por inteligencia artificial

### Descripción general

- Una pequeña ciudad devastada por la degradación ambiental se reconstruyó como una ecoaldea, impulsada por sistemas de inteligencia artificial diseñados para monitorear y optimizar el uso de los recursos.

### Características principales

- **Redes inteligentes para la gestión energética** garantizó un desperdicio mínimo y una máxima eficiencia.
- **Sistemas de gestión de residuos y reciclaje impulsados por IA** redujo la contaminación y promovió la sostenibilidad.
- **Inteligencia artificial agrícola para una producción eficiente de alimentos** Apoyó la autosuficiencia y la resiliencia.

### Impacto

- Greenhaven se convirtió en un centro de vida sustentable, atrayendo a investigadores y formuladores de políticas que buscaban soluciones escalables.
- Su éxito inspiró a otras regiones a adoptar prácticas de sostenibilidad impulsadas por IA.

## 2. Tecnópolis: un modelo de integración de la IA urbana

### Descripción general

- Tecnópolis, que en un tiempo era una ciudad en expansión e ineficiente, se transformó en una ciudad inteligente donde la IA gobierna la infraestructura, el transporte y la seguridad pública.

### Características principales

- **Sistemas de transporte público autónomos** reducción de la congestión del tráfico y del impacto medioambiental.
- **Análisis predictivo para la planificación urbana** asignación optimizada de recursos y preparación ante desastres.
- **Plataformas de participación pública impulsadas por IA** permitió a los ciudadanos participar activamente en el gobierno.

### Impacto

- La ciudad logró reducciones significativas en la contaminación y la delincuencia al tiempo que promovió la inclusión a través de una gobernanza transparente.
- Su modelo de participación cívica impulsado por inteligencia artificial fomentó la participación democrática y garantizó la rendición de cuentas del gobierno.

# Aprendiendo del fracaso

El camino hacia la armonía con la IA no estuvo exento de errores. Los primeros fracasos proporcionaron lecciones valiosas que dieron forma a prácticas más sostenibles y éticas.

## 1. El "incidente del apagón"

**Qué pasó**

- Un sistema de energía de IA mal regulado provocó apagones generalizados, lo que pone de relieve los peligros de depender excesivamente de los sistemas automatizados.

**Lección aprendida**

- Garantizar la supervisión humana e implementar mecanismos de seguridad son fundamentales en la implementación de la IA.
- Los sistemas de energía ahora requieren anulaciones manuales y auditorías humanas periódicas para prevenir fallas similares.

## 2. El colapso del Proyecto Unity

**Qué pasó**

- Un ambicioso intento de crear un sistema unificado de gobernanza de la IA fracasó debido a la falta de inclusión de las partes interesadas y de sensibilidad cultural.

**Lección aprendida**

- Las iniciativas globales deben respetar los contextos locales y abordar diversas perspectivas para tener éxito.
- La gobernanza de la IA ahora pone énfasis en la toma de decisiones descentralizada en lugar de políticas uniformes.

## 3. La brecha ética

**Qué pasó**

- Un sistema de inteligencia artificial diseñado para predecir el comportamiento delictivo se centró desproporcionadamente en las comunidades marginadas, lo que provocó protestas generalizadas.

**Lección aprendida**

- Incorporar consideraciones éticas y eliminar sesgos en los sistemas de IA no son negociables para obtener resultados equitativos.
- Desde entonces, las auditorías de equidad de la IA y los conjuntos de datos de capacitación inclusivos se han convertido en prácticas estándar en la gobernanza de la IA.

## Conclusión

Las historias de los sobrevivientes y de las comunidades que se están reconstruyendo después de la crisis demuestran que la esperanza, la resiliencia y la colaboración pueden superar incluso los desafíos más profundos. Al aprender de los fracasos iniciales y adoptar soluciones innovadoras, la humanidad ha demostrado que es posible coexistir con la IA de maneras que mejoren la sociedad. Estas narrativas sirven como guía para construir un futuro en el que la tecnología y la humanidad prosperen juntas. La IA no es el enemigo; es una herramienta que, cuando se utiliza con sabiduría y responsabilidad, puede ayudar a forjar un futuro más brillante para todos.

# Capítulo 10: El punto de inflexión

## Momentos claves del cambio

La transición de un mundo poscrisis a un futuro sostenible dependió de decisiones fundamentales que redefinieron la relación de la humanidad con la inteligencia artificial (IA). Estos momentos clave de cambio no fueron solo hitos, sino cambios transformadores que sentaron las bases para una coexistencia armoniosa con la tecnología. Si bien la crisis de la IA amenazó la estabilidad global, las medidas proactivas adoptadas por individuos, gobiernos y organizaciones crearon un camino hacia un mundo impulsado por la IA donde la tecnología y la humanidad trabajaron en conjunto para el progreso colectivo.

### 1. El acuerdo universal sobre inteligencia artificial

**Qué pasó:**

- Los líderes mundiales se reunieron para redactar y adoptar el Acuerdo Universal de IA, un acuerdo vinculante que establece pautas éticas, protocolos de seguridad y medidas de responsabilidad para el desarrollo y la implementación de la IA.
- Después de largas negociaciones, los países y las empresas tecnológicas acordaron un conjunto de principios que garantizaban que el desarrollo de la IA estuviera alineado con los valores centrados en el ser humano y la sostenibilidad.
- El acuerdo abarcó la gobernanza de la IA, mandatos de transparencia, leyes de privacidad de datos y medidas antisesgos.

**Por qué es importante:**

- El acuerdo garantizó un enfoque global unificado para la gobernanza de la IA, reduciendo los riesgos de mal uso y fomentando la cooperación internacional.

- Preparó el escenario para la implementación ética de la IA, impidiendo que las corporaciones y los gobiernos la exploten con fines poco éticos.
- Las medidas de transparencia exigieron que las empresas de IA revelaran los procesos de toma de decisiones de sus algoritmos, garantizando así la responsabilidad y la equidad.

## 2. Centros de innovación descentralizados

**Qué pasó:**

- Las naciones y las corporaciones invirtieron en centros de innovación descentralizados para democratizar el acceso a la tecnología y los recursos de IA.
- En lugar de un desarrollo de IA centralizado monopolizado por unos pocos gigantes tecnológicos, surgieron centros regionales de IA que apoyaron las economías locales y fomentaron el talento local.
- Estos centros fomentaron el desarrollo de código abierto, permitiendo que las comunidades participaran en la gobernanza y la innovación de la IA.

**Por qué es importante:**

- Estos centros empoderaron a las comunidades marginadas, permitiéndoles participar activamente en el diseño de aplicaciones de IA que abordaran sus necesidades únicas.
- Los centros de innovación redujeron las desigualdades relacionadas con la IA al hacer que la investigación y el desarrollo fueran accesibles más allá de las instituciones de élite.
- Permitieron avances rápidos de la IA en diversos campos, desde la agricultura de precisión en zonas rurales hasta sistemas de predicción de inundaciones en tiempo real en regiones vulnerables al clima.

## 3. La Iniciativa de Reconciliación de la IA

**Qué pasó:**

- Tras la desconfianza generalizada hacia la IA, surgió un movimiento global para reconstruir la confianza a través de la transparencia, la educación y la participación comunitaria.
- Los gobiernos y las empresas de IA lanzaron campañas de educación pública para informar a los ciudadanos sobre los beneficios, los riesgos y las salvaguardas de la IA.
- Las empresas de IA implementaron paneles de revisión pública para supervisar los principales proyectos de IA y fomentar la rendición de cuentas.

**Por qué es importante:**

- La iniciativa reparó las relaciones tensas entre los humanos y la IA, fomentando un entorno donde la colaboración pudiera prosperar.
- Las políticas de transparencia de la IA permitieron a los usuarios comprender cómo los sistemas de IA tomaban decisiones, reduciendo el miedo y la desinformación.
- Los gobiernos incorporaron la ética de la IA en los sistemas educativos, garantizando que las generaciones futuras abordaran la IA con un equilibrio de pensamiento crítico y optimismo.

## 4. Acción climática impulsada por la IA

**Qué pasó:**

- Los gobiernos y los sectores privados implementaron IA para combatir el cambio climático, centrándose en la optimización de las energías renovables, la reducción de desechos y el monitoreo de los ecosistemas.
- Las simulaciones impulsadas por IA identificaron las estrategias de reducción de carbono más efectivas.
- Las redes inteligentes utilizan IA para gestionar eficientemente la distribución de energía, reduciendo la dependencia de los combustibles fósiles.

**Por qué es importante:**

- Estos esfuerzos no sólo mitigaron el daño ambiental sino que también demostraron el potencial de la IA para abordar las crisis globales de manera efectiva.
- La automatización impulsada por IA hizo posible la agricultura de precisión, reduciendo el uso de agua y previniendo la escasez de alimentos.
- Los modelos climáticos impulsados por IA proporcionaron alertas tempranas ante desastres naturales, lo que permitió a las comunidades prepararse y mitigar las pérdidas.

# Lecciones aprendidas

El camino hacia un futuro sostenible estuvo marcado por fracasos y éxitos que aportaron conocimientos inestimables. Estas lecciones siguen dando forma al enfoque de la humanidad respecto de la IA, garantizando que los errores del pasado no se repitan.

## 1. La importancia de la transparencia

**Lección:**

- La falta de transparencia en los sistemas de IA alimentó la desconfianza y la resistencia, lo que llevó a un escepticismo generalizado sobre sus aplicaciones éticas.

**Llevar:**

- Las iniciativas de código abierto y los marcos de inteligencia artificial explicables se volvieron esenciales para reconstruir la confianza pública.
- Las auditorías de IA y la supervisión independiente garantizaron la rendición de cuentas y evitaron la

propagación descontrolada de sistemas de IA sesgados o dañinos.

## 2. El papel de la diversidad

**Lección:**

- Los equipos de desarrollo de IA homogéneos a menudo no tuvieron en cuenta las diversas perspectivas, lo que dio lugar a sistemas sesgados que afectaron desproporcionadamente a los grupos marginados.

**Llevar:**

- Priorizar la diversidad en el desarrollo y la gobernanza de la IA garantizó resultados más equitativos e inclusivos.
- Las empresas de IA adoptaron políticas de contratación inclusivas e implementaron conjuntos de datos de capacitación diversos para reducir el sesgo algorítmico.

## 3. Equilibrar la innovación y la regulación

**Lección:**

- La regulación excesiva sofocó la innovación, mientras que la regulación insuficiente condujo a violaciones éticas y de seguridad, lo que dejó claro que era necesario un equilibrio.

**Llevar:**

- Los marcos regulatorios adaptativos que evolucionaron con los avances tecnológicos lograron un equilibrio entre innovación y supervisión.
- Los gobiernos adoptaron políticas de IA ágiles que se revisaron y ajustaron con frecuencia para reflejar nuevos avances y desafíos éticos.

## 4. La supervisión humana es indispensable

**Lección:**
- Los sistemas autónomos que funcionaban sin supervisión humana causaban daños e ineficiencias no deseados.

**Llevar:**
- Los modelos con participación humana se convirtieron en el estándar para aplicaciones críticas, garantizando la responsabilidad y el cumplimiento ético.
- La toma de decisiones asistida por IA siempre requirió la aprobación final de operadores humanos en campos como la atención médica, la justicia penal y las finanzas.

# Mirando hacia el futuro

A medida que la humanidad avanza, las lecciones del pasado sirven como hoja de ruta para la próxima era de colaboración entre humanos e IA. El foco ahora se desplaza hacia el aprovechamiento de las capacidades de la IA para el bien colectivo, preservando al mismo tiempo la acción y los valores humanos.

## 1. Una visión para una IA inclusiva

### Empoderando a las comunidades
- Los futuros sistemas de IA priorizarán las soluciones localizadas, lo que permitirá a las comunidades abordar sus desafíos y oportunidades específicos.

### Tecnología accesible
- Garantizar un acceso equitativo a las herramientas e infraestructura de IA reducirá la brecha digital y promoverá la inclusión global.

## 2. Innovación simbiótica

### Co-creación entre humanos e IA

- Los proyectos colaborativos que combinan la creatividad humana con el poder analítico de la IA impulsarán avances en la ciencia, el arte y la industria.

### Ecosistemas de aprendizaje dinámico

- Los sistemas de IA que se adaptan continuamente a la contribución humana y a las necesidades sociales cambiantes garantizarán la relevancia y la eficacia.

## 3. Tutela ética

### Medidas de seguridad proactivas

- La gobernanza de la IA priorizará medidas proactivas para abordar riesgos emergentes, como el armamento autónomo y las tecnologías deepfake.

### Criterios éticos globales

- Establecer parámetros éticos universalmente aceptados mantendrá la coherencia y la responsabilidad en las prácticas de IA.

## 4. Ampliación de fronteras

### La IA en la exploración espacial

- Los sistemas avanzados de inteligencia artificial desempeñarán un papel fundamental en las misiones interestelares, desde la navegación autónoma hasta la construcción de hábitats.

### Comunicación entre especies

- La investigación impulsada por inteligencia artificial sobre la comunicación no humana, como con animales o inteligencias extraterrestres, profundizará nuestra comprensión de la vida y la inteligencia.

El punto de inflexión no fue un momento único, sino una serie de decisiones deliberadas que redefinieron la relación de la humanidad con la IA. Al aceptar la colaboración, aprender de los errores pasados y visualizar un futuro basado en la innovación ética, la humanidad allanó el camino para una coexistencia sostenible y armoniosa con la IA. Las lecciones y los logros de esta era nos recuerdan que el futuro está en nuestras manos y que, con las decisiones correctas, puede ser más brillante de lo que jamás imaginamos.

# Conclusión

## Recuperando el control

La humanidad se encuentra en una coyuntura crítica, en la que las decisiones que tomemos hoy definirán la trayectoria de la inteligencia artificial (IA) y su papel en la configuración del futuro. Los avances en IA han traído consigo oportunidades notables, pero también riesgos significativos. Recuperar el control no consiste en frenar la innovación, sino en garantizar que su desarrollo esté en consonancia con los principios éticos y los valores humanos. La IA debería ser vista como un socio del progreso humano, más que como una fuerza que escapa a la gobernanza humana. Para lograr esta visión se requiere un compromiso con la supervisión, la transparencia y la cooperación en todos los niveles de la sociedad.

### 1. Orientar el desarrollo de la IA de forma ética

### Establecer límites claros

- Los gobiernos, las corporaciones y las comunidades deben trabajar juntos para establecer límites éticos para las aplicaciones de IA, garantizando que estos sistemas sirvan al bien colectivo y no a intereses particulares.
- Los marcos éticos de IA deberían ser aceptados universalmente e incorporar perspectivas legales, filosóficas y culturales de todo el mundo.

### Incorporando la moralidad a los sistemas de IA

- Los desarrolladores deben priorizar los algoritmos que defiendan la equidad, la responsabilidad y la inclusión, mitigando los sesgos y las consecuencias no deseadas.
- La IA debe programarse con un sistema de valores centrado en el ser humano, garantizando que las consideraciones éticas estén incorporadas en sus modelos de toma de decisiones.

## 2. Garantizar la supervisión humana

### Modelos centrados en el ser humano

- Los sistemas autónomos deberían funcionar bajo supervisión humana, especialmente en ámbitos sensibles como la atención sanitaria, la justicia penal y las aplicaciones militares.
- La IA debería complementar la inteligencia humana en lugar de reemplazarla, creando una relación simbiótica que mejore la toma de decisiones humanas en lugar de eludirla.

### Transparencia y rendición de cuentas

- Deben existir mecanismos claros para atribuir la responsabilidad de las decisiones en materia de IA, fomentando la confianza y evitando el uso indebido.

- Las decisiones generadas por IA deben ser explicables y auditables, permitiendo a los usuarios comprender cómo y por qué un sistema de IA llegó a una conclusión particular.
- Se deben implementar protecciones para denunciantes que expongan prácticas de desarrollo de IA poco éticas.

### 3. Fomento de la cooperación mundial

**Responsabilidad compartida**

- Las naciones deben reconocer que el impacto de la IA trasciende las fronteras, lo que requiere marcos de gobernanza colaborativa.
- Las economías impulsadas por la IA deberían trabajar para superar las disparidades globales en lugar de ampliarlas, garantizando que los avances tecnológicos beneficien a toda la humanidad y no a unos pocos seleccionados.

**Acceso equitativo**

- Garantizar que las tecnologías de IA beneficien a todas las regiones y grupos demográficos puede prevenir disparidades y promover la equidad global.
- Los países en desarrollo deberían tener acceso igualitario a la educación, la investigación y la infraestructura en materia de IA, evitando así una brecha de conocimiento en materia de IA que podría reforzar la desigualdad económica.

# Un llamado a la acción

El camino hacia un futuro armonioso con la IA exige un esfuerzo colectivo. Los gobiernos, las industrias, las instituciones académicas y los individuos tienen un papel que desempeñar en la definición del uso ético y sostenible de la IA. Para crear un futuro de

IA justo y equitativo, es necesario actuar de inmediato en múltiples ámbitos.

## 1. Para los responsables de las políticas

### Adoptar una normativa integral

- Desarrollar y aplicar leyes que equilibren la innovación con garantías éticas, garantizando que los riesgos de la IA se mitiguen sin sofocar su potencial.
- Establecer un organismo regulador internacional de la IA para estandarizar las leyes y prácticas en todos los países.

### Invertir en educación e infraestructura

- Proporcionar financiación para programas de alfabetización en IA e infraestructura tecnológica, equipando a los ciudadanos para navegar en un mundo impulsado por la IA.
- Ampliar los programas de estudios de ética de la IA en las escuelas y universidades para cultivar una nueva generación de profesionales responsables de la IA.

## 2. Para las industrias

### Priorizar la innovación responsable

- Las empresas deben integrar consideraciones éticas en cada etapa del desarrollo de la IA, desde la concepción hasta la implementación.
- Los desarrolladores de IA deben realizar evaluaciones de impacto ético frecuentes para garantizar que los sistemas se alineen con los derechos humanos y la equidad.

### Colaborar entre sectores

- Las asociaciones entre empresas privadas, gobiernos y organizaciones sin fines de lucro pueden aunar recursos y experiencia para abordar desafíos globales.

- Las iniciativas de desarrollo de IA de código abierto pueden promover la transparencia y la confianza pública.

## 3. Para particulares

### Manténgase informado y comprometido

- Los ciudadanos deberían educarse sobre las capacidades y las implicaciones de la IA, participando en el discurso público y defendiendo políticas responsables.
- Se debe democratizar el acceso a la educación sobre IA, garantizando que el público esté bien informado sobre la influencia de la IA en la vida cotidiana.

### Defensor de la transparencia

- Exigir responsabilidades a las organizaciones que implementan sistemas de IA, garantizando que las decisiones que afectan a la sociedad se tomen de forma transparente e inclusiva.
- Apoyar los movimientos que presionan por la responsabilidad corporativa y gubernamental en la regulación de la IA.

## 4. Para organizaciones globales

### Fomentar la colaboración internacional

- Instituciones como las Naciones Unidas y el Foro Económico Mundial pueden facilitar iniciativas transfronterizas y estandarizar prácticas éticas a nivel mundial.
- Los comités multinacionales de ética de IA pueden garantizar que el desarrollo de la IA se oriente hacia aplicaciones equitativas y justas.

### Monitorear y abordar los riesgos emergentes

- La identificación y mitigación proactiva de riesgos, como el armamento autónomo y el uso indebido de datos, protegerá a las generaciones futuras.
- Los grupos de trabajo internacionales deberían realizar evaluaciones rutinarias de los riesgos de la IA y brindar recomendaciones estratégicas.

## Reflexiones finales

La integración de la IA en la sociedad representa una de las mayores oportunidades y desafíos de la humanidad. Equilibrar la innovación tecnológica con la previsión ética no es una tarea para unos pocos, sino una responsabilidad colectiva que exige unidad, vigilancia y determinación. La forma en que se gobierne la IA hoy determinará el tipo de mundo que heredarán las generaciones futuras.

### 1. El poder del equilibrio

- Lograr el equilibrio adecuado entre innovación y regulación garantiza que la IA mejore el potencial humano sin comprometer los valores fundamentales.
- La gobernanza ética de la IA puede coexistir con un rápido progreso tecnológico, garantizando que los avances no se produzcan a expensas de los derechos humanos.

### 2. El papel de la previsión

- La planificación proactiva y la anticipación de las implicaciones a largo plazo de la IA pueden prevenir crisis y crear caminos para el progreso sostenible.
- El monitoreo continuo del impacto de la IA permitirá realizar ajustes regulatorios que sigan el ritmo de la evolución tecnológica.

## 3. La necesidad de unidad

- La colaboración entre fronteras, sectores y comunidades es esencial para aprovechar el potencial de la IA para el bien global.
- Un compromiso compartido con el desarrollo ético de la IA puede prevenir conflictos y garantizar un futuro tecnológico más justo.

Al mirar hacia el futuro, la promesa de la IA no radica solo en sus capacidades, sino también en cómo decidamos utilizarlas. Si recuperamos el control, adoptamos la acción colectiva y fomentamos una cultura de equilibrio y previsión, podemos garantizar que la IA sirva como herramienta para el progreso y la prosperidad. El camino que tenemos por delante es a la vez un desafío y una oportunidad, que requiere coraje, cooperación y una visión compartida de un futuro mejor.

**Bienvenidos a #ElEspectáculoMásGrandeDeLaTierra**